昨天的云

回忆录四部曲之一

王鼎钧 作品系列

生活·讀書·新知 三联书店

Simplified Chinese Copyright © 2013 by SDX Joint Publishing Company. All Rights Reserved.

本作品中文简体版权由生活·读书·新知三联书店所有。未经许可，不得翻印。

图书在版编目（CIP）数据

昨天的云：回忆录四部曲之一／王鼎钧著．—北京：生活·读书·新知三联书店，2013.1（2022.9 重印）
（王鼎钧作品系列）
ISBN 978-7-108-04220-0

Ⅰ.①昨… Ⅱ.①王… Ⅲ.①回忆录－中国－当代 Ⅳ.①I251

中国版本图书馆 CIP 数据核字（2012）第 206426 号

本书由台北尔雅出版社出版繁体字本。我店取得作者正式授权，在中国大陆地区出版发行中文简体字版。

责任编辑	饶淑荣
装帧设计	蔡立国
责任印制	董　欢

出版发行　生活·讀書·新知 三联书店
　　　　　（北京市东城区美术馆东街 22 号）
邮　　编　100010
网　　址　www.sdxjpc.com
图　　字　01-2017-7033
经　　销　新华书店
印　　刷　河北松源印刷有限公司
版　　次　2013 年 1 月北京第 1 版
　　　　　2022 年 9 月北京第 16 次印刷
开　　本　635 毫米×965 毫米　1/16　印张 14.75
字　　数　197 千字
印　　数　110,001－120,000 册
定　　价　30.00 元

（印装查询：01064002715；邮购查询：01084010542）

目　录

兰陵及附近有关地图

本书中所述及的兰陵（1941年）

小序　　1

第 一 章　吾乡 ………… 1

第 二 章　吾家 ………… 13

第 三 章　我读小学的时候 ………… 29

第 四 章　荆石老师千古 ………… 47

第 五 章　血和火的洗礼 ………… 61

第 六 章　战神指路（一）………… 75

第 七 章　战神指路（二）………… 87

第 八 章　战争的教训 ………… 101

第 九 章　折腰大地 ………… 115

第 十 章　田园喧哗 ………… 131

第十一章　摇到外婆桥 ………… 147

第十二章　热血未流 ………… 163

第十三章　插柳学诗 ………… 183

第十四章　母亲的信仰 ………… 205

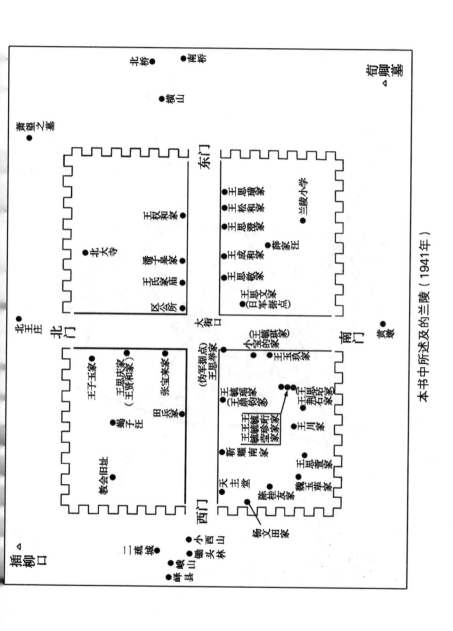

本书中所述及的兰陵（1941年）

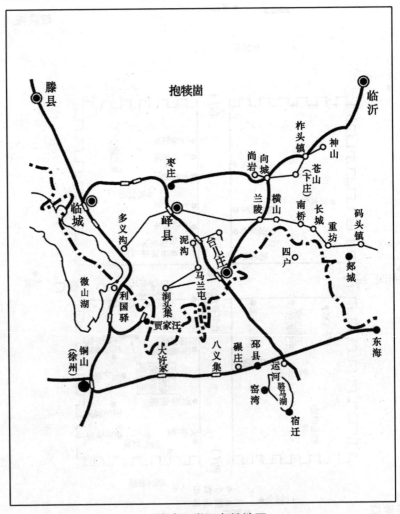

兰陵及附近有关地图

小序

我听说作家的第一本书是写他自己,最后一本书也是写他自己。
"第一本书"指自传式的小说,"最后一本书"指作家的回忆录。
我曾经想写"第一本书",始终没写出来。现在,我想写"最后一本书"了。

从前乾隆皇帝站在黄鹤楼上,望江心帆船往来,问左右"船上装的是什么东西",一臣子回奏:"只有两样东西,一样是名,一样是利。"
这个有名的答案并不周全,船上载运的东西乃是四种,除了名利以外,还有一样是情、一样是义。
乾隆皇帝雄才大略,希望天下英雄入我彀中而以名利为饵,对世人之争名攘利当然乐见乐闻,所以那个臣子的答案是做官的标准答案,不是做人的标准答案。
倘若只有名利,这"最后一本书"就不必写了,至少我不必写。
我向不热衷歌颂名利,虽然在我举目所及之处也曾出现雍正乾隆。

竞逐名利是向前看，恋念情义是向后看。

人，从情义中过来，向名利中走去。有些人再回情义，有些人掉头不顾。

这是一本向后看的书。所谓情义，内容广泛，支持帮助是情义，安慰勉励也是情义。潜移默化是情义，棒喝告诫也是情义。嘉言懿行是情义，趣事轶话也是情义。

这"最后一本书"为生平所见的情义立传，是对情义的回报。无情义处也涂抹几笔，烘云托月。

我并不是写历史。历史如江河，我的书只是江河外侧的池泊。

不错，池泊和江河之间有支流相通，水量互相调节。

一位历史学者说，"历史是个小姑娘，任人打扮。"这也没什么，小姑娘尽管穿衣戴帽，而出水当风，体态宛然。

也许，历史是一架钢琴，任人弹奏乐曲。因此才有书，才有第一本书和最后一本书。

我不是在写历史，历史如云，我只是抬头看过；历史如雷，我只是掩耳听过；历史如霞，我一直思量"落霞与孤鹜齐飞"何以成为千古名句。

或以为大人物才写回忆录。但人物如果太"大"，反而没法留下许多自述，中国现代史上两位最大的人物连个遗嘱也没有准备妥当。

或以为只有小人物才可以从心所欲写回忆录，其实真正的"小"人物没有声音，苍生默默，余欲无言。

所谓大人物、小人物，是两个不同的角度，左手做的、右手不知道，台下看见的台上看不见，两者需要互补。大人物的传记是给小人物看的，小人物的传记是给大人物看的。这世界的缺憾之一是，小人物不写回忆录，即使写了，大人物也不看。

小 序

有人说,他的一生是一部史诗。

有人说,他的一生是一部长篇小说。

有人说,他的一生是一部连续剧。

我以为都不是。人的一生只能是一部回忆录,是长长的散文。

诗、剧、小说,都有形式问题,都要求你把人生照着它们的样子削足适履。

而回忆录不预设规格,不预谋效果。

回忆录是一种平淡的文章,"由绚烂归于平淡"。诗、剧、小说,都岂容你平淡?

西谚有云:"退休的人说实话。"

退休的人退出名利的竞技场,退出是非旋涡,他说话不必再存心和人家交换什么或是间接为自己争取什么。有些机构为退休的人安排一场退休演讲,可以听到许多真心话。

古代的帝王"询于刍荛",向打柴割草的人问长问短,正因为这些人没有政治目的,肯说实话。

所以回忆录要退休以后过若干年抄写,这时他已没资格参加说谎俱乐部。

回忆录的无上要件是真实,个人主观上的真实。这是一所独家博物馆,有些东西与人"不得不同,不敢苟同",或是与人"不得不异,不敢立异"。孔子曰:"举尔所知。尔所不知,人岂舍诸。"

"今天的云抄袭昨天的云",诗人痖弦的名句。白云苍狗,变幻无常而有常,否则如何能下"苍狗"二字?

人间事千变万幻,今非昔比,仔细观察体会,所变者大抵是服装道具布景,例如元宝改支票、刀剑换枪弹而已,用抵抗刀剑的办法抵抗子弹当然不行,但是,何等人为何等事在何等情况下流血拼命,却是古今如一。

人到了写回忆录的时候，大致掌握了人类行为的规律，人生中已没有秘密也没有奇迹，幻想退位，激动消失，看云仍然是云，"今天的云抄袭昨天的云。"

一本回忆录是一片昨天的云，使片云再现，就是这本书的情义所在。

这"最后一本书"不是两三百页能够写完的，它将若断若续，飘去飘来。

第一章 吾乡

一九四三，对日抗战第六年，我在离家千里以外的地方读流亡中学。一天，教本国地理的姚蜀江先生讲完最后一课，合上书本，提出一个大家意想不到的问题：

"你们已经读完本国地理，你们对整个中国已经有清楚的认识。你们最喜欢哪座山哪条河？你们最喜欢哪一省哪一县？抗战胜利以后，你们希望在什么地方居住？"

当时，我举手发言，我说我仍然愿意住在自己的故乡。

姚老师问我的故乡在哪里，我告诉他，在山东省临沂县的兰陵镇。

姚老师想了一想，欣然点头："你们那个地方的确不错。"

从地图上看，山东像一匹骆驼从极西来到极东，卸下背上的太行山，伸长了脖子，痛饮渤海里的水。然后，它就永远停在那里。

这骆驼身上有两条黑线。一条线由肩到口，几乎是水平的，那就是胶济铁路；一条线由背至膝，越过前身，几乎是垂直的，那就是津浦铁路。这两条铁路夹住了绵亘三百里的山岭冈峦，地理书上称之为三角山地，写书的人把山东境内的津浦路看成"勾"，把胶济路看成"股"，把骆驼颔下的海岸线看成"弦"。

三角山地又分好几个山区，它的西南角叫沂蒙山区。沂河由此发源，向南部平原流去，到山势已尽，这出山泉水映带的第一个城市，就是临沂。

兰陵是临沂西南边境的一个大镇。兰陵北望，那些海拔一千多公尺的主峰都沉到地平线下，外围次要的山峰也只是地平线上稀薄透明的一抹。兰陵四面都是肥美的平原，东面到海，西面到河南，南面到淮河。清明踏青，或者农闲的日子探望亲戚，一路上眺望这么好的土壤，是一大享受。尤其是春末夏初麦熟的季节，原野放射着神奇的光芒，浴在那光芒里的人，自以为看见了人间的奇花异卉。唉，必须田里有庄稼，必须有成熟的庄稼，那大地才是锦绣大地。

兰陵附近仅有的一座山，名叫横山。我读小学的时候，全校师生集体远足，目的地就是横山。十一二岁的孩子征服了那山，可以想见那山是如何小巧玲珑。在我梦中，那里并没有山，太初，诸峰向三角山地集中，路经兰陵东郊，在相互拥挤中遗落了一座盆景。

兰陵出过很多名人。查记载中国古代名人年表的专书，找出汉代三人，晋代一人，前五代二十八人，隋唐十三人。其中三十九个人姓萧，占百分之八十七。

历史上还有一个南兰陵。南兰陵是晋室南渡以后在江苏武进附近所置，称为"侨置"。东晋侨置了南徐州、南兰陵、南琅琊，把北方的地名拿到南方来用，表示不忘故土。南宋也有"侨置"，欧洲移民到了美洲也有"侨置"，用意大致相同。南兰陵出了十八个名人，清一色姓萧，其中有南齐的开国皇帝萧道成，梁朝的皇帝萧衍。

由萧家的昌显，使人想起门第背景的作用，族人互相援引，"向阳花木易逢春"。可是唐代以后，不论南兰陵、北兰陵，都不跟名人的名字连在一起了。

依太史公司马迁创下的体例，中国历史以名人传记为龙骨。传记的格式，第一句是传主的姓名，第二句就是他的籍贯，例如，"萧望之，东海兰陵人。""疏广，东海兰陵人。"由于"兰陵"一词在史书中出现的次数很多，以致，当年，"我是兰陵人"这样平常的一句话，被人家赋予特别的意义。祖居兰陵的光绪戊戌进士王思衍先生，也就刻了一方大印，在中堂或楹联大件作品中使用，文曰"王思衍东海兰陵人"，以表示他的自我期许。

现在，兰陵人有一大意外收获，那就是《金瓶梅》的作者"兰陵笑笑生"。《金瓶梅》本来被人视为"低俗"的"淫书"，若干年来身价蒸蒸日上，有人说，它是中国最早也是最大的自然主义小说，了不起；又有人说，它的妙谛在文字之外，禅境高深。一部小说禁得起批评家用写实和象征两个不同的角度钻研探讨，当然不是凡品，兰陵人的乡贤祠中，也只有对它的作者虚席以待了。

细数历代乡贤，以疏广对我影响最大。

疏老先生是汉朝人，宣帝时官至太傅。他的侄子疏受也在朝为官，位至少傅。太傅是三公之一，少傅是三孤之一，都是很高的爵位。

疏广遇上了好皇帝，宦途顺利。可是疏老先生对他的侄子说，"知足不辱，知耻不殆"，咱们提前退休吧。

叔侄二人称病告归，皇帝赐给他俩许多黄金。二疏回到家乡，把黄金分给亲族故旧宾客。有人问他们为什么不留给子孙，疏广说，子孙"贤而多财，则损其志；愚而多财，则益其过"。一时传为名言。

兰陵在历史上一度辖区甚广，有过兰陵郡的时代，有过兰陵县的时代，可称之为大兰陵。近代的兰陵是一个乡镇，本来属于临沂，后来成立了苍山县，划归苍山，这是小兰陵。

二疏的故居在兰陵镇之西，离镇约二十华里。萧望之墓在兰陵镇北若干里，乡人讹称萧王墓。他们显然都是大兰陵人。

在小兰陵的时代，二疏故居在峄县境内，也可以说是峄县人。现在峄县废县为城，属枣庄市，二疏又可以说是枣庄人了。

《金瓶梅》作者的原籍，可能也是这个样子？

小时候，我到过二疏的故居。

对日抗战期间，兰陵由日军占领，我家迁往乡间居住，有道是"大乱住乡，小乱住城"。

有一段时间住在兰陵之西。某月某日父亲带我回兰陵一行，他老人家特地绕个弯儿从二疏故居之旁经过。

二疏是汉代人，他的故居也不知经过后世几度重修，如今只见空旷之地四围高墙，造墙用土，在景观上与乡野调和，倒不失二疏敦亲睦邻的心意。

乡人称此处为二疏城，用"城"来表示对先贤的尊敬。又在当年散金之处筑台，以纪念二疏的义行。

我似乎并未看见高台，二疏城的围墙也残破了。从墙外看墙内，只见一棵枝叶参天的银杏，在西风残照中为古人作证。

父亲讲述了二疏辞官散金的故事，我大受感动。回到家，我翻查从上海经纬书局邮购得来的《中国历代名人传》，找出二疏的合传。这本精装巨著只是把正史中的传记挨个儿重排一次，不分段落，没有标点，和线装书一模一样，也许比线装书多几个错字。

我那时读文言文不求甚解，所幸二疏的传记并不古奥，篇幅也简短。我用毛笔写正楷，把二疏的传记抄下来，贴在座右，幻想古人的音容笑貌，进退举止。多年以后，我在外模仿他们轻财尚义，也曾把他们的事迹写成广播剧本。

荀卿也是兰陵人吗？

战国时，兰陵属于楚国，春申君当政，任用赵人荀卿为兰陵令。春申君死，荀卿辞官，在兰陵安家落户，晚年潜心著述，后人辑成《荀子》一书。

《荀子》是一部重要的经典。兰陵为晚年的荀卿提供了著述的环境，是这个小镇对中国文化的最大贡献。兰陵也沾了这位大儒的光，在战国之世就光耀史册，垂名千古。

研究荀子的人说，兰陵人很爱荀卿，喜欢用"卿"做自己的名字。兰陵人爱荀卿应该没有问题，否则荀卿不会把自己的著述自己的子孙都交给兰陵。至于兰陵人以卿为名，似乎无迹可寻。

荀卿死后葬在兰陵，兰陵镇东门外约三华里处，有荀子墓，乡人讹称舜子卿。

荀墓封土为立方体，平顶，造型安详谦和，但体积甚大，我小时候爬上去翻过跟斗。后来看资料，这座古墓长三十公尺，宽二十公尺，高六公尺，相当于一座房子。

荀卿的官位不过是兰陵令，萧望之是太傅，萧墓却不像荀墓那么出名，也没有荀墓"好看"。

我幼时也曾从萧望之墓旁经过，印象中外形是传统的土馒头式样，但高大异常，看上去近似圆锥体。墓不止一座，呈品字形排列，我以为造墓时布置了疑冢，疑冢是为盗墓贼而设，使其不知从何处下手。后来看资料，才知道"余为诸子葬处"。萧望之是在政治斗争中失败自杀的，但他的墓仍有富贵骄人之处。

兰陵似乎没出过荀学专家，满眼是孔孟的信徒。我在家塾读书时曾要求一窥荀子，老师正色曰："他不是圣人！"

后来，我仍然受了荀子一些影响，那是我四十多岁以后了。

兰陵人雅俗共赏津津乐道的，是他们酿造的酒。他们说，兰陵是杜康造酒的地方。

当年李太白"遍干诸侯、历抵卿相"，行经山东，喝了兰陵出产的美酒，作了一首七言绝句。诗云：

兰陵美酒郁金香，

玉碗盛来琥珀光。

但使主人能醉客，

不知何处是他乡。

在李白的作品里面，这是很寻常的一首七绝，但是李白不是寻常人物。此诗一出，中国文学马上增加了几个典故：兰陵酒，兰陵一醉，兰陵郁金，兰陵琥珀。兰陵也兴起了一种工业：酿酒。李太白一句话，兰陵人发了财。

据说，兰陵美酒有几项特点。

第一，据说，酒怕过江，本来是满满的一瓶酒，由北岸运到南岸，自然减少三分之一。兰陵美酒没有这种损耗。

第二，据说，兰陵美酒的香气特别馥郁。在中国，"酒为百药之长"，酒里总有一股药味，兰陵美酒是少有的例外。饮普通烧酒，入口时香醇可口，回味却败坏嗅觉，只有兰陵美酒，"连酒嗝都不难闻"。

第三，嗜酒足以致病，但是兰陵父老相信，饮他们酿造的美酒比较安全。明代的汪颖在《食物本草》中说，"兰陵酒清香远达，饮之至醉，不头痛，不口干，不作泻。其水称之重于其他水，邻邑造之俱不然。"

对酒，兰陵人有他主观的信念。入兰陵而不喜欢兰陵酿造的烧酒，那是可以默许的；入兰陵而褒贬兰陵美酒，那就超出了容忍的限度，视同极大的恶意。

我想，每个地区的人民都会在当地找出几件事物来寄托他们的集体自尊，基于无伤大雅的原则，你最好接受他们的价值标准。

很久以前，在兰陵，我就该学会这一点。

可想而知，兰陵有许多酒坊酒店。清末民初，兰陵酿造业的全盛时代，十八家字号欣欣向荣，百里内外分支机构处处。

酿酒是工业，有一定的法则和程序。但是，同一个师傅、使用同样的原料，未必能每次都酿出同样的酒。就像王羲之写兰亭集序，反复写了好几次，只有第一次写出来的最好。所以，酿酒又是艺术。

有时候，全体工人在酒师傅的指导下，该做的事都做了，最后却涓滴皆无，或者流出来气味刺鼻的恶水。这种状况真是糟糕透顶，店主损失了资本，酒师傅损失了声誉。既然尽人事不能保证结果，那就加上乞求天命。所以，酿酒又是宗教。

美酒有它独特的配方，主要的原料是黍。酒要埋在地下一年，等惊蛰闻雷时开窖取出。

实际上，在我幼时，"遵古炮制"的美酒已难在酒店里买到，坦白地说，我从未见过。

第一章 吾乡

一般而论，兰陵人的运气不错。

兰陵镇的地势是一个方形的高台，极适合建屋筑城。我在《碎琉璃》中曾借用此一形象。想当初汉族漫行黄河下游觅地求生，先民忽然发现这天造地设的家园，必定欣喜若狂。

由于地势高，风湿和疥疮都是稀有的疾病，安葬死者，事后也很少发觉棺材泡在水里。土匪来了，乡人居高临下，防守占尽优势。

春秋时，先民在这里建立了一个小小的"国"。据说，因为兰陵的水质好，所以能造出好酒。后来，专家告诉他们，要酒好也得土质好，长出好的庄稼来。后来，专家又说，要出好酒还得有好的空气。兰陵人看兰陵，越看好处越多。

北伐前后，土匪以沂蒙山区为根据地，抢遍了鲁南的乡镇，兰陵也不例外。但是，到兰陵来的土匪不杀人，不奸淫妇女，只要财物。这股土匪有自己的哲学，他们相信做土匪等于做生意，将本求利，"本金"就是自己的生命。干吗要流血？血又不能当钱使用！强奸？何苦来，明天上阵第一个挨枪子儿！

兰陵当然也有地主，而且有大地主，清算起来，个个俯首认罪。不过"样板"地主——《白毛女》里那样的地主，倒还没有。

近代的兰陵很闭塞，很保守。可是放足，剪辫子，写白话文，兰陵都有及时开创风气的大师。南下黄浦抗日，北上延安革命，闭门研读资本论，都有先知先觉。

兰陵的城墙东西三里，南北五里，宽可驰马，是我小时候散步的地方。四面城门都有名家题字，东门是"东海镜清"，北门是"文峰映秀"，南门为"衢通淮徐"，西门是"逵达邹鲁"。虽是小镇，气派不小。

范筑先做过临沂县的县长，是兰陵人的父母官。能在这样一个好官的治理之下为民，也是风水有灵，三生有幸。

范县长的第一个优点是不要钱。对身为行政首长的人来说，贪为万恶之源，廉为百善之媒。

他的第二个优点是不怕死，"仁者必有勇"。

那年头临沂的土匪多，军队纪律也不好，时人称为"兵害"、"匪患"。向来做县长的人睁一只眼闭一只眼，不敢认真，唯恐兵匪以暴力报复。

范县长不怕。那时允许民间有自卫枪械，大户人家甚至长年维持一支小小的民兵。范县长把这些乡勇组织起来，施以军事训练，又把各村的武力联络起来，建立指挥系统，一村有警，各村来救，同时以正规军队作后盾，土匪遂不敢轻举妄动。

兵害比较难除。幸而那时国民政府也知道兵害严重，不得不扬汤止沸，下令规定县长一律兼任军法官，在某种情况下，军法官有权判处死刑。范县长拿起这个尚方宝剑，挥舞叱咤，有效地震慑了兵痞兵氓。

临沂城内的驻军，军官往往告诫士兵："我饶得了你，只怕范大牙饶不了你。"范县长的门牙特大，有这么一个绰号。

范在临沂的任期是一九三三年到一九三六年。后来他调到聊城去升为行政督察专员。不久，对日抗战发生，日军进攻聊城。范专员曾在北洋军中做过旅长，原是一员虎将。他守土不去，激战中阵亡，吾乡尊长王言诚先生浴血参与此役，突围得免。

岳飞曾强调"文官不爱钱，武官不怕死"。范筑先先生一身兼具这两个条件，超过岳武穆所悬的标准。料想成仁之日，精忠岳飞在天堂门口迎接他的灵魂。

范筑先为政的另一个特点是"勤"。据说他整天工作，几乎没有私生活。

他奉命进行的几项大政，如土地测量，如严禁鸦片，如寓兵于农，都很容易以权谋私，因陋聚敛，但是范县长贯彻执行，没有苛扰。

一九三五年夏天，黄河决口，山东水灾严重，大批难民涌到，范县长顺顺当当漂漂亮亮地办好救灾。

当年的地方行政，有人称之为"绅权政治"，由各地士绅做政府的经纪人，做官的人只要得到士绅的配合就算圆满成功。

士绅和一般农工商学的利益究竟不能完全一致，因此有些良法美意不免遭士绅封杀。这个缺点，当时的制度无法补救，只有靠"贤臣"走出那分层负责层层节制的官僚体系，以个人魅力个人意志冲破士绅架构的长城，出入那"天苍苍，野茫茫"的世界。这样，"贤臣"必须勤苦耐劳。

范筑先先生就是在那样的时代、那样的环境，做了那样的人、那样的事。

有两件事，我对范氏留下难以磨灭的印象。

我一共只有两次机会看见他。

第一次，他巡视兰陵，顺便看看我们读书的小学。我们停课，大扫除，奉命要穿干净衣服，洗脸洗到脖子，洗手要剪短指甲。当天在校门内操场上排开队伍，队伍临时经过特别编组，把白白胖胖讨人喜欢的孩子摆在前列。

县长出现，大家一齐拍手，照事先的演练。原以为他要训话，他没有，只是从我们面前走过，从排头走到排尾，仔细看我们。他的个子高，面容瘦，目光凌厉，门牙特别长，手指像练过鹰爪功。然而他并不可怕。他每走几步就伸出手来摸一个孩子的头顶，大家都希望被他选中。

他没有摸我。他的手曾经朝着我伸过来，从我的肩膀上伸过去。他的目标在我左后方。天地良心，那个同学的长相没有我这么体面。也许正因为他比我黑，比我憔悴。受他抚摩的，多半不是饱满娇嫩的中国洋娃娃，换言之，位置多半在后面一排，以及排尾。

第二次能够看见他，是因为他要离开临沂了，去聊城赴任之前，他到临沂县的每一区辞别。兰陵是第八区。

在欢送的场面里，我们小学生是必不可少的点缀。主体是大街两旁长长的两列一望无尽的香案，香案后面站着地方士绅、基层官吏。这些人物背后墙上高挂着红布条制成的大字标语，感激德政，祝贺新职。标语连接，灰扑扑的兰陵好像化了妆，容光焕发。那年月，标语是用毛笔一笔一画写出来，兰陵很有几位写家，这一次都动员上场，不啻一场大规模的书法展览。

香案上并不烧香，摆着清水一碗，镜子一面，豆腐一块，青葱几棵，用以象征范县长的"清似水、明似镜"，"一清二白"。还有清酒两杯，主人的名片一张，表示饯别。只见县长在许多人簇拥下一路行来，——区长、镇长、警察局长、小学校长，少不了还有随从护卫，——鞭炮震天，硝烟满地。这一次他没有多看我们，一径来到香案之前。

香案上有两杯酒。范氏站立桌前，端起右面的一杯，——右面是宾位，——洒酒于地。就这样，一桌又一桌。兰陵本来就满街酒香，这天更是熏人欲醉。随员取出范氏的一张名片放在桌上，把主人摆在桌上的名片取回来，放进手中的拜盒。就这样，鞭炮声中，范氏一桌挨一桌受礼，临之以庄，一丝不苟。

范氏的路线是进北门，出西门。西门内外，香案还在不断增加。四乡农民，闻风而至，带着他们刚刚摘下的新鲜果菜。来到兰陵，才发现需要桌子，需要酒杯，就向临街的住户商借。我家共借出方桌两张，酒杯六只。有些远道而来的扶老携幼，阖第光临。

据说，根据传统，卸任的官吏必须在鞭炮声中离去，最忌冷场。所谓辞别，通常是在前面十几二十桌前行礼如仪，自此以下，俗套概免，以免时间拖延太久。范县长那天打破惯例，即使是临时增添的那些桌子，那些没有铺桌布、没有摆名片的桌子，他也平等对待。那天，兰陵镇虽然准备了很多鞭炮，还是不够。这种长串的百子鞭，得到县城去采购，临时无法补充。范县长并不在意，他的诚意丝毫不减。

范氏出外，一向不接受招待，这一次更是在午饭后到在晚饭前离去。等他坐上汽车，已是夕阳西下。他还没吃晚饭，我也没有，我们的队伍这时才解散，所有的香案也在这时开始撤除。那时，我觉得好饿！我想，他也一定饿了。

毫无疑问，这个人也给了我很大的影响。

第二章 吾家

兰陵王氏自丙沂公传至十三世思字辈,有思兆先生,就是我的曾祖父。兆公再传,和字辈,是我的祖父翔和先生。祖父有五子五女,我父亲行二,讳毓瑶,是毓字辈。

当年,人事资料要记载曾祖父、祖父和父亲的姓名,每个人都要记自己的"三代",否则就是大笑话,倘若求职,写不出"三代"的人一定落选。

那时,有一个人出外求职,忘了曾祖父的名字,情势断不容许回家查问,就临时替曾祖父取名"曾杰",意思是,我的曾祖父是位人杰。管人事的跟他有点交往,好心提醒他:"名字哪有用破音字的?"他急忙在"曾"字旁边添了个土字旁,成为"增杰"。

他得到这个职位。后来他查出曾祖父的本名,他请管人事的喝酒,要求悄悄地把记录更正过来。管人事的想起破音字加土字旁的往事,笑而言曰:"他老人家已经入土为安啦,你也别再轻举妄动啦!"

这"入土为安"和"轻举妄动"两个成语,成了嘲笑他的典故,被他的好朋友沿用了很多年。

我们小时候受过几项严格的训练,其中一项就是牢牢记住谁是你的三代尊长。

我的伯父毓琪先生,和我的父亲是一母所生,老弟兄俩的名讳隐含"琪花瑶草"之意。

可是这两位老人家并未生长在仙境，他们要面对尘世间的一切磨炼。

后来祖母去世了，由继祖母持家。继祖母生育了四叔毓珩先生，五叔毓珍先生，七叔毓莹先生。

我记得，伯父是个胖子，走路时呼吸有风箱声，性情随和，像一个商人。四叔比伯父稍稍清秀些，平时沉默寡言，但是有自己的原则。五叔那时是一热血青年，眉宇间有英气，关心国事，批评社会。七叔瘦小灵活，和他的四位哥哥不同。

传统的大家庭内部照例有许多矛盾，我家不幸未能例外。传统的大家庭也都注重观瞻，不断修饰自己的形象，我家也力求纳入此一规范。

小时候，我主要的玩伴是一只狸猫。猫爱清洁，但是自己无法洗澡，唯一可用的工具是自己的舌头。它拿舌头当刷子，把身上的每一根毛舐干净。多亏它有个柔软的身体，能运用各种姿势、从各个角度清理身体的许多部位。

看它那样辛苦，那样勤奋，使我十分痛惜。不错，它的外表是干净了，可是所有的污秽都吞进肚里。

看到猫，常常使我想起家庭，传统的大家庭。

猫有能力把肚子里的污秽排泄出去，大家庭也有吗？

猫，如果身上太脏，它就自暴自弃，任其自然，大家庭也会吗？

余生也晚，从未见过祖父。我想，他老人家一定是个卓越的商人。具有当时一般商人没有的世界观。他开设了一家酒厂、两家酒店，字号是"德源涌"和"德昌"，除了批发以外，在临沂和峄县县城都有门市部。历来谈兰陵美酒的文章，点名举例，必有"德源涌"的名字，它是兰陵开业最早规模最大的酒厂，北京设有分销单位。

一九一五年，祖父带着自家酿造的兰陵酒，以兰陵美酒公司的名义，参加旧金山太平洋万国博览会，得到金质奖章和银质奖章，出国参展之前，一九一四年，兰陵酒先在山东省第一届物品展览会上夺得第一名。这段史实，由王玉久先生从当年出版的《申报》和"中国参加太平洋博览会纪实"一书中发掘出来，至今犹是中国对外贸易反复引述的资料。我纳闷的是，在玉久先生的文章里，我祖父的名字是王祥和。但是，我从小受教育，熟读勤写祖上三代的名讳，祖父的名字分明是王翔和。

他老人家要伯父管理产销，伯父正是一个经理型的人物。他要四叔管家，四叔为人小心谨慎，又深得继祖母信任。他老人家的这些举措，堪称知人善任。

可是，他老人家送我父亲到济南去读法政专门学校，却是一步失着。在那年代，"法政"的意思是政治经济，法政专门学校培养的是官场人物。我父亲不能做官，尤其不能在军阀混战天下未定的时候做官。

等到我能够认识这个世界，祖父早已去世，生意早已结束，酒厂空余平地上一棵梧桐，酒店的门面租给人家卖酒。伯父和我父亲也早已奉继祖母之命分出去独立生活，酒厂的空地的一半，酒店的门面，以及相连的一所四合院，由我们这个小家庭居住使用。

我八九岁的时候，受好奇心驱使，"搜索"了我父亲的书房。据说，每一个孩子在成长过程中都做过类似的事。我找到父亲的同学录，一部善本的《荀子》，一部石印的金批《水浒》，一枚图章。母亲告诉我，图章上刻了四个字："德源长涌"。每个字的笔画都长长地向下垂着，有瀑布的趣味。这一方印章，也许是祖父一生事业的仅存的遗迹吧。

也许，这偌大的祖宅，才是祖父的事业的遗迹。

这所住宅，由大街口向南至小街口，由小街口向西至槐树底，成为一个方块。我不知道一共有多少平方公尺。这种住宅的结构，是用一个一个四合院连接而成。一个四合院称为一"进"。估计它大约共有十进，外加一片厂房。

我在紧靠大街的青灰色瓦房中出生、长大。房顶很高，没有天花板，我躺在床上可以清清楚楚地看见屋顶和屋脊的内部结构，那是一种匀称的精巧的悬在空中的手工，用三角形的木梁支撑着。自从有了空气调节以后，很难再看见这么高的屋顶了。

老式的建筑方法不用水泥，用三合土。三合土是把细沙、石灰混入土内调制而成。那时，兰陵的房子几乎都是用三合土砌砖为墙，这种砖墙内外两层单砖，中间再用三合土填满，每隔五尺处加铺一条青石板，再在石板上继续加高。

那年代，小偷这一行里面有人专在土墙上挖洞出入事主之家，叫"挖窟子"，文言的说法是"穿窬"。我记得当年轰动兰陵的一大新闻，有人夜半听见不寻常的声音，知道"挖窟子"的来了，就抄起菜刀，蹲在墙边等候，等小偷从洞里伸手进来，狠狠一刀砍下去。这件事发生在天寒欲雪的冬夜，更使人觉得十分凄惨。

大户人家用"夹心砖墙"盖屋，用意在防盗，冬天也防寒保暖。同样的理由，我出生的房间只向天井开窗，临街的一面乃是单调的严峻的"高垒"。室内的光线很弱，据说最暗处与祖宗在天之灵相通。

据说，所有的婴儿都应该在这一角黑影里呱呱坠地。

四合院四面是房，依方位称为东屋、西屋、南屋。北面的一排房子有个特别的名称，叫堂屋。堂屋是这一组房子的主房。

堂屋的中间是客厅，两旁是卧室，称为"一明两暗"。客厅正中有门，门左右有窗，门窗正对天井，光线确实是明亮。

这种房子选材施工都很考究，兴家立业的人为后世费尽苦心。鸠工建造之初不但要请专家选日期、定方位，还要请全体工人吃酒席，并且特别送工头一个大红包。否则，据说，工人有许多"坏招儿"，使你败家。

据说，有人发了财盖房子，房子盖好之后家运开始衰落。这家主人心知有异，重金礼聘一位专家前来察看。

专家劝他拆房子。

一排新盖的堂屋拆掉了，墙根的基石也挖起来，专家从下面找到一个黑盒子，盒子里放着三粒骰子。

骰子的点数是幺二三。

幺二三是最小的点数，掷出幺二三的人准是输家，建筑工人把这样一个邪祟之物埋伏在墙壁下面，诅咒这个新兴的家庭。

那专家伸出两根手指，轻轻地、慢慢地把骰子翻转过来，幺二三不见了，露出来四五六。

四五六是王牌，庄家如果掷出四五六来，立刻通吃。

黑盒子仍然放回去，房子再盖起来。从此，门迎喜气，户纳春风，三代康宁，六亲和睦，百事顺遂。

这故事，也许是建筑工人编造出来、用以提高专业地位的吧？盖房子的人宁可信其有。任何一种神话，一种谎言，只要可能对子孙有利，他们一概接受。

也许，建筑工人在我出生的这座房屋下面埋藏了"幺二三"吧，我家的境况一年不如一年。

我记得，我家后院，梧桐树附近，曾经有一个敞棚，棚下有长方形的石槽，槽上拴着两头骡子。小时候，大人一再告诫我不可接近骡子，使我留下极其深刻的印象。

骡子最大的功用是驾车。想来那时我家有车，那种木制的铁轮大车，用薄薄的棉褥和油布围成车厢。车厢形如轿子，称为轿车。这种车早已淘汰了，名字却留下来，归新式汽车使用。

既有车，想必也有驾车的人吧。我不记得我家有过这样的人，也不记得我家有过这样的车。我只记得确实有骡子，傲慢倔犟的骡子。

然后，我仿佛记得，骡子不见了，石槽旁边拴着两头黄牛。

为什么是牛？我家号称耕读传家，却不直接种田。回想起来答案可能是，那时候，常有佃农感到劳力不足，要求东家养牛供耕种使用。

记得冬天，我常在寒夜中被父亲叫起，他提着草料，我掌着马灯，冒着雨丝雪片，一同走到后院。父亲在昏黄的灯光下，把草料倒进槽内，拿起一根顶端分叉的木棒搅拌。夜很静，草料在搅拌中互相摩擦，发出沙沙的声音，颇似我后来在爵士乐中听到的沙锤。

想必也是应佃户之请，牛棚旁边有了堆肥。人畜的粪便不能直接用于施肥，必须混入稻草、炉灰、树叶、泥土，经过发酵。把堆肥放在我家后院，是防止有人偷窃。

我记得，老牛怎样用它的舌、把刚刚生下来的小牛收拾干净。我记得，小牛本来俯在地上，四肢无力，忽然一阵风吹过，小牛拉长了脖子，头往前一伸，就站了起来。

我还记得，那天，母牛除去缰绳，离开石槽，在后院里陪伴小牛，算是它的产假。

后来，不知怎么，牛已不见了，只剩下一头驴子。

家乡的主食叫"煎饼"，乡音近似"肩明"。煎饼是用石磨把小麦黄豆磨成稠糊，再放在铁鏊子上烙成，所以推磨是人生大事。我家没有劳力，必须用驴拉磨，这驴子遂成为我家一颗明星。

我记得那是一头公驴，俗称"叫驴"，仰天长啸是公驴的特长。那驴毛色光洁，身躯高大，颇有桀骜不驯之气，普通妇人童子来牵曳它，它往往置之不理。

驴子喜欢在地上打滚，俗语说驴打滚儿天要下雨，多半灵验，也许是空气里的湿度使它发痒，它没有搔抓的能力，只好躺在地上摩擦。可是，那突然而来的震耳欲聋的呐喊又代表什么？抗议吗？求偶吗？或者如幽默家所说，"驴子喜自闻其鸣声"，自我欣赏吗？

在我的记忆中，我家驴子的鸣声很惊人，音量极大，音质粗劣，而且抑扬转折连绵不歇，一口气很长，有时它突然在你身旁发声，使你魂飞魄散，耳鼓麻木。

乡人常说，世间有三样声音最难听：锉锯刮锅黑驴叫。我家的驴正是黑驴。口技专家似乎还没有人能模仿黑驴的叫声,那是独一无二的特别警报,黔驴大叫一声吓退了老虎。

大概是我家渐渐容不下这种自命不凡的驴,就换了一头牝的,乡人称牝驴为"草驴"。草驴沉默、柔顺,比较配合我家的环境。

抗战发生,兰陵一度是两军攻守之地,我们全家逃难,驴子跟着我们颠沛流离,忍辱负重。

最后,我离开家乡的时候,我家已没有驴子。

我常常回忆、简直可以说是纪念我家最后一个使女。

我不知道她在我家工作了多久,也不知道她的年纪,只记得她个子矮,丰满,比我的姐姐胖得多,——那时还有姐姐在世——天足,脸上红是红,白是白,前额梳着刘海,后头扎着大辫子。

那时,衡量中产之家的境况,要看他有没有"天棚石榴树,肥狗胖丫头"。肥狗与胖丫头并举,显然出于极落伍的思想,屡受革命家和妇女运动家的呵斥。但在那时,这句话是存在的。在那时,这四者我家都有,——曾经都有。

我和这位使女的关系并不融洽,她有一个任务是照管我,我总是不跟她合作。例如,她催我吃饭,或者想给我加一件衣服,或者从街上叫我回家,总是惹得她不愉快。

在时而清晰时而模糊的记忆中,她帮助我的母亲料理家务,由我还在吃奶到我断奶。为了断奶,母亲在奶头上涂了黄连水。我初尝苦果时,她还站在旁边,一脸笑容。

由我穿开裆裤到穿合裆裤。换装之后,一时不能适应,常常尿湿裤子,由她帮我把湿裤子换下来。

由我可以随地小便,到我必须在后院的粪堆上撒尿。

由我可以跟女孩子一同游戏,到我跟她们划清界限。

由我必须请她替我摘石榴,到我自己可以摘到石榴。

有一天,我看见她坐在客厅的地上哭泣,母亲找出几件首饰给她,她一再把母亲的手推开。我不知道发生了什么事情。

一个中年妇女,乡下大婶的模样,想把她拉起来,可是不容易。我不知道发生了什么事情。

这大婶是有备而来。她出去了几分钟再回来,就有两个壮男跟进,两个男子抓住那使女的两臂,把她硬拖出去,脚不沾地。

她号啕大哭。可是,出了大门,她就停止了挣扎,一切认命。

后来我知道发生了什么事,家里替她安排了她极不满意的婚姻。

我们那唯一的、最后的使女走后,母亲的工作陡然繁重,她自己烙煎饼。

烙煎饼用的"鏊子",是一块圆形的铁板,怕有砖头那么厚,直径嘛,我想起饭馆里的小圆桌,也就是供五六个人围坐的那种桌面。

鏊子的中央微微隆起,略似龟背。下面有三条短腿,撑住地面。烙煎饼的人席地而坐,把柴草徐徐推进鏊子底下燃烧,使这块铁板产生高温。烙煎饼的人左手舀一勺粮食磨成的糊,放在铁板中央,右手拿一根薄薄的木片,把"糊"摊开,布满,看准火候迅速揭起。

煎饼就是这样一张又一张的东西。

刚刚从鏊子上揭下来的煎饼,其薄如纸,其脆如酥,香甜满口,可说是一道美味,蒲松龄为此作了一篇"煎饼赋"。

如果在煎饼将熟未熟之际打上一个鸡蛋,蛋里拌入切碎的葱花辣椒,那就应了山东人的一句话:"辣椒煎鸡蛋,辣死不投降。"

还有简便的办法:在煎饼里卷一根大葱。山东大葱晶莹如玉,爽脆如梨,章回小说形容女孩子"出落得像水葱儿似的",这棵葱必须是山东大葱!

有个笑话,挖苦山东人的,说是两个山东人在吵架,你不必劝,你只要在地上丢几棵葱,他们就不吵了,为什么?他们抢大葱去了!

烙煎饼是在高温中工作,满身大汗,满脸通红,头发贴在脸上、脖子上如斧劈皴,汗水滴在鏊子上吱吱啦啦响。乡人说,天下有四热:铁匠炉、鏊子窝、耪豆垄子拉秋棵。其中鏊子窝就是烙煎饼的地方。

年年夏天有人在鳌子窝昏倒。

可怜复可恨，每逢母亲烙煎饼的时候，也就是我兴高采烈的时候，我能吃到我最爱吃的东西。

吃饱了，我就吹我用葱叶做成的哨子。

我家曾遭土匪洗劫，不但财物一空，还筹措了一笔钱赎肉票。那时我尚在襁褓之中，全不记得。

有一年大旱，我记得全家不能洗脸，饮水从多少里外的河里运来。田里的庄稼全枯死了，大家以收尸的心情去收拾残余。阳光实在毒辣，每一个人的动作都急急忙忙像逃难。

求雨的场面惊人，几百壮男赤身露体在锣鼓声中跳商羊舞，受烈日烧烤，前胸红肿，后背的皮肤干裂，嘴唇变形，喝水张不开口。

然后是蝗灾。头顶上蝗阵成幕，日影暗淡，好像遇蚀的日子。不久，蝗虫把天空交还给我们，却沿着屋顶的瓦沟水一般流泻而下，占领了院子，还有街道，还有田野。

蝗虫是害虫，炒蝗虫却令人馋涎欲滴。平时想炒一盘蝗虫，要到野外去奔波半日，手足并用，劳形伤神。现在只要朝院子里抓一把。每一只蝗虫都很肥，而且雌虫正待产卵，是厨师眼中的上品。

几盘炒蝗虫的代价极大，田里的庄稼被它吃光了。

还有一次火灾。有一天，不知为什么，四合院的南屋突然起火。那是学屋，父亲请了老师在屋中设塾，教我读书。

主要的学生是我，二姐。照惯例，亲邻的孩子可以加入，免费。学生一度增加到六七人。

开学仪式却只通知我一个人出席。我记得很清楚，早晨，客厅里的光线还黯淡。迎门正中墙壁上贴一张红纸条子，端端正正写着"至圣先师之神位"。老师站在左边，我父亲站在右边，兼任司仪。我对着神位磕了头。本来还该给老师磕头，老师坚辞，说是已经拜过师了。

然后到南屋上课。这位老师的名字我忘了，只记得留着八字胡，不凶。

好像没多久，南屋就起了火。四邻八舍都来救火，可是最近的水源是五百公尺外的护城河，救火的人沿街排列，用水桶挑水提水接力传送，快步如飞。

那天我真正感受到什么是"杯水车薪"。工夫不大，南屋烧光了，火势自然停止。大家都说幸亏当天没有风。

灾后第一件事是在院子里摆了好几桌席，请参加救火的人来一醉，幸好没有人"焦头烂额"。南屋没能再盖起来，索性四面墙拆掉三面，改成院墙。

我改到别家的学屋里去念"人之初"。

就在这样的环境里，我的大姐二姐相继去世。

兰陵这个小地方，偶然有陌生人闯进来，定要引起观众议论。即使来了个从未见过的乞丐，也是新闻。

这天，大家看见两个穿中山装的人。没人认识他们，他们倒是不客气，拿大刷子蘸石灰水，在我家对门围墙上刷字。写的是：反对共产共妻。艺术体，有棱有角，整整齐齐。

我家临街的门面租给人家开酒店了，那地方闲人多，口舌不少。口舌出口才，口才也生口舌。

有个人，议论风生出了名，他年纪大，辈分长，论人论事有特殊角度，语惊四座，是吾乡吾族滑稽列传中人物。但保守派人物认为他口德不修，称之为"坏爷"。小酒馆里他常来，不为喝酒，为了找听众。

"坏爷，这共产，我们听说过了，可是共妻是怎么一回事？"

坏爷一向问一答十。"这共产党，想尽了办法跟有钱的人作对。你不是有钱吗，把你关在黑屋子里，饿上三天，给你一根打狗棒，自己讨饭去。"

"可是共妻？"

坏爷一眼看见我。"小孩子不能听，回家去！"

不听怎么可能，我躲到店外去偷听。

只听见坏爷滔滔不绝。"共产共妻，妻子儿女都是产，他要共，你敢怎么样？"

"天下哪有这种事！我偏不信！"说这话的人是胡三。

"不信？你自己到江西去看看！"

"没王法了？"

"他们有他们的王法。"

"那倒好，"胡三话锋一转，"反正我胡三没老婆。"

男掌柜的说："胡三，你喝醉了。"

胡三的确喝了不少。"共妻就共妻，你决你的定，我通你的过！"

"胡三，你给我赶快回家，今天不要你的酒钱。"男掌柜的下了逐客令。

良久。没料到下面还有精彩可听的。

"这些穿中山装的人真糊涂，什么不好写？何必写共妻？"

"胡三今夜一定睡不着。"

"何止一个胡三？你有黄脸婆，难道不想趁机会换一个？"

就在这样的时代、这样的环境，我的弟弟和妹妹次第出生。

我对妹妹最早的记忆是，替她摘石榴。

我家有两棵树，一棵是石榴，还有一棵也是石榴。——我写在作文簿里的句子。老师眉批：很好，可惜并非自出心裁。

两棵石榴，并排长在堂屋门侧窗下。不知何故，树姿像丛生的灌木，开花的时候，红蓬蓬两团落霞。总是树顶的石榴先熟，一熟了就裂开，展示那一掬晶莹的红宝石，光芒四射。那高度，我也得站在板凳上才够得着。可是我的上身向前突出太多，板凳歪倒，我扑在树上，四肢悬空，一时魂飞天外，连喊叫都没了声音。

幸亏那是一丛"灌木"，它撑住我的身体，我抱住零乱的树枝，下身悬在空中。就这样,我像抱住木板的溺者那样煎熬着,直到有人来救援。而妹妹安静地等待,并不知道发生了变故。

峄县石榴天下驰名。兰陵距峄县县城五十华里,一度属峄县管辖,兰陵石榴就是峄县石榴。我家这两棵属于红皮石榴,结成的石榴大如饭碗,粒子肥大,甜美多汁,亲友邻舍哪个不想尝鲜?每年这石榴的分配,是母亲的一大难题。

仿佛记得,母亲的肚子越来越大,简直不能出门。

我问肚子怎么了,她说,生病。

我绝未料到那"症状"和弟弟有关。我对弟弟最早的记忆是,有一天,我忽然奉命到别人家中去玩一天。我去了,到底是谁家,已经忘记,只记得也是四合院,客厅里空无一人。在这个家庭里吃了午饭,又吃了晚饭,闲得无聊,可是他们不让我走出客厅一步。

晚上,有人来接我回家,在天井里听见内室有婴儿的哭声。

"谁哭?"我问。

"你的兄弟。"

"我哪来的兄弟?"

那人向上指了一指。"从天上掉下来的。"

我仰面看天,又惊又疑。从那么高的地方掉下来,怎么得了!那么高,又怎么上去的呢?

我家最后一个小高潮,是有一位县长登门造访。

我不清楚他到底是临沂的县长,还是峄县的县长。他是济南法政专门学堂毕业的,上任以后,想起这里有他一位老同学。

那年代,家乡还没讲究"童权",贵宾临门,孩子一律赶上大街。那县长也没问:"你的孩子呢,叫过来我看看!"所以我对他的印象模糊。

有时我会这么想:他失去了一个机会,这机会可以使一个相当敏感的孩子记得他的声色笑貌,进而注意他的嘉言懿行,在五十几年以后为他"树碑立传"。

那天父亲请厨子来做菜,宴开三桌,一桌摆在客厅里,招待县长,两桌摆在天井里,招待县长的随从。

满天井太太小孩"偷看"县长,我也混在里面。只听见有人低声惊叹:"县长吃馒头是揭了皮儿的!"

县长拿起馒头揭皮的时候,同席的人也连忙效法追随,每人面前隆起一个白色的小丘。

县长是戴着黑手套进来的,饭后,又马上把手套戴好。回想起来准是意大利上等皮货,又软又薄,紧紧贴在皮肤上,与手合而为一。院子里,迟到的观众低声问早来一步的:"他又不做粗活,为什么手这样黑?"

以后个把月,我出门玩耍,走到大街口,准有人买包子给我吃。大街口就有卖包子的固定摊位。

那时候,父老有个习惯,到大街口去,找个阴凉蹲着,看人来人往,互相交换新闻。

那时候,孩子们受到严格的教导,在外面接受了人家的吃食或玩具,马上回家报告父母。

父亲不许我到大街口玩耍。

个把月后,没人再请我吃包子了,因为,有许多人来央求父亲到县长那里说情,父亲一概拒绝。

现在由黑色的手套说到黑色的燕子。

我家的客厅,地上铺着方砖,方砖上一张八仙桌,两把太师椅。八仙桌和后墙之间,是又窄又长的"条几"。八仙桌上摆茶壶茶杯,条几上摆文房四宝,花瓶,以及把成轴的字画插在里面存放的瓷筒子。

瓷器至少是道光年间的制品,桌椅准是紫檀木做的。柴檀很黑,微微泛着紫色,威严深沉,能配合大家庭的环境气氛。柴檀的颜色天然生成,从木材内部渗出来,这正是玉石之所谓"润",中国士大夫最喜欢这种自内而外的色泽，认为它象征有内在修养的君子。

那时，家家都是这个样子。

由条几垂直向上，紧贴着屋顶的内部，有一个燕巢。燕子利用屋顶的斜度，把春泥塑在纵横的椽间，春来秋去，在里面传宗接代。

总有需要关门加锁的时候。所以，客厅的门框上面，门楣下面，预留一条五寸宽的空缝，供燕子出入，称为"燕路"。每年春天第一件大事就是清理燕路，把防风避寒的材料取出来，不敢慢待来寻旧垒的远客。人人相信燕子有某种灵性，专找交好运有福气的人家托身，所谓"旧时王谢堂前燕，飞入寻常百姓家"，就是说燕子舍弃了衰败，寻求新的机运。因此，倘若谁家的燕子一去不回，可要引人费尽议论猜测了。

那时，家家都是这个样子。

我家的燕子一直和我们同甘共苦。可是有一天，突然啪嗒一声，燕巢掉下来一半，碎屑四溅，刚刚孵出来的雏，还未能完全离开蛋壳，光着身子张着嫩红的大嘴，在八仙桌上哭起来。它们的父母满屋乱飞，像没头的蝙蝠。

母亲立刻给雏燕布置了一个临时的窝，放在条几上。老燕多次冒险低飞，在雏燕面前盘旋，不论它们的孩子怎样挣扎号叫，它们始终没敢在条几上停下来。

父亲找人把燕巢补好，把雏燕送回巢内，可是它们的父母再没有回来。巢，一旦有了人的指纹，燕子立刻弃之不顾。

第二年，我们也有了覆巢之痛。

第三章　我读小学的时候

我进小学似乎是从中间插班读起的。

插班耍经过学力测验,那时测验学力不考算术只考国文,多半是写一篇自传,视文字表达能力为国文程度之最后总和。

我考插班连自传也免了,只是由校长王者诗先生口试了一下。那时抗日的情绪高涨,学生天天唱吴佩孚的《满江红》,歌词第一句是"北望满洲"。校长随机命题,问"北望满洲"是什么意思。

那时我也会唱这首歌,但从未见过歌词,只能照自己的领会回答。 我说:"很悲痛地看一看东北三省。"

校长很惊讶地望了我一眼,告诉我没答对,可是插班批准,他没有再问第二个问题。

我糊里糊涂过了关,心里一直纳闷。后来知道,校长认为我错得很有道理。

那时为求歌声雄壮,《满江红》用齐步走的唱法,第一个字占一拍,激昂高亢,这个字应该很有感情,使音义相得益彰。我听音辨字,不选"北"而选"悲",校长认为我在语文和声韵方面有些慧根。

好险,校长如果多问几个问题,一定发现我的根器极浅。吴佩孚的这首得意之作被我们唱得铿锵有力,我们并不明白他到底说些什么。

入学后看到歌词。"北望满洲,渤海中风潮大作",这两句听得懂。"想当年吉江辽沈人民安乐",吉江辽沈?听不清楚。"长白山前设藩篱,黑龙江畔列城郭",这两句勉强可以听懂。"到而今外族任纵横,风尘恶。"听不懂。"甲午役,土地削",可以懂。"甲辰役,主权夺",不大懂。"叹江山如故夷族错落",不懂。"何日奉命提锐旅,一战恢复旧山河。"这两句很响亮,深入人心。

最后还有两句:"却归来永作蓬山游,念弥陀。"山东半岛上有座蓬莱山,山上有庙,可以出家,我们懂。可是一想到吴大帅突然变成和尚,忍不住有滑稽之感。加以"念弥陀"的"陀"字人人唱成轻声,在舌尖上打滚儿,增加了我们的轻佻,露出揶揄的笑容。

这最后两句,我们能看懂字面,不懂它的境界。如果这首《满江红》在前面唤起了人们的慷慨悲壮之情,到最后恐怕也抵消了。

吴大帅虎符在握的时候,曾把他的这首词分发全军晨昏教唱。那时的士兵多半不识字,问长问短,官长解释:大帅说,他要打鬼子。

打鬼子,好啊,可是念弥陀做什么?

大帅说,打倒了东洋鬼子,他上山出家。

士兵愕然了,他们说,大帅打倒了鬼子,应该做总理、做总统,我们以后也好混些,他怎么撇下咱们去当和尚?他当和尚,咱们当什么?

大帅是想用《满江红》提高士气的吧,他知道后果吗?

我想,那做大官的全不知道后果,又把这首私人的言志之作推广到全国。

也幸亏有这首歌,我才记得我是怎么入学的。

有些事真的记不清楚了,我入小学,又好像是从一年级读起的。

我确实读过"大狗叫,小猫跳"。猫字笔画多,想写得好,比养一只猫还难。

这开学第一课的课文,被那些饱读诗书的老先生抽作样品,反复攻击,责怪学校不教圣人之言,净学禽兽说话。我印象深刻,没有忘记。

上"习字"课时,我也曾反复摹写:

> 上大人
>
> 孔乙己
>
> 化三千
>
> 七十氏

一直不明白这几句话是什么意思。后来潘子皋老师给了我一个解释：

> 至高至大的人物，
>
> 只有孔夫子一人，
>
> 他教化了三千弟子，
>
> 其中有七十二个贤人。

这也是我永远、永远不会忘记的事。

音乐老师教唱"葡萄仙子"的时候我也在场，一面唱，一面高低俯仰做些温柔的姿势，不化妆，并不知道在反串小女孩。

还有一项铁证说来不甚雅驯，我在放学回家途中尿湿了裤子。

那时我还不很习惯连裆的密封式的裤子，沿途又绝对没有公共厕所。回到家中，母亲一面替我擦洗，一面给我如下的训练：

一、出门之前，先上厕所。

二、小孩子，尿急了，可以在没盖房子的空地上小便。

这些记忆，跟插班口试是冲突的，看来这中间有许多脱漏。脱漏的部分可能很重要，可能很有趣，也可能很苍茫或者很苍白。

我已永远不会知道那到底是什么。

一个人不可能完全洞察他自己的历史，每个人都依靠别人做他的史官，那人一定是他最亲近的人，也是最关心他的人。慈母贤妻良师益友，也下过都是尽责称职的史官罢了。人生得一史官，可以无恨。

小时候，望着天上的白云，只幻想自己的未来，不"考证"自己的过去。

小时候，在老师命题下作文，写过多少次"我的志愿"，从未写过"七岁以前的我"。

就这样，飞奔而前，把历史，把史官，都抛在身后脑后，无暇兼顾了。

故乡的小学历经"三代"：私立的时代，区立的时代，到我入学读书的时候，是县立的时代。

私立小学在一九一九年就成立了，那是民国八年，五四运动发生之年。十几年后，我入学的时候，到处有人还在说"进了洋学堂，忘了爹和娘"，反对新式教育，回头想想，一九一九年兴学也就很难得，很及时了。

在小城小镇办学，校址本来是个难题，可是天从人愿，故乡有三座庙连在一起，一座叫三皇庙，一座叫插花娘娘庙，还有一座圣庙，也就是孔庙。庙不但有房屋可以做教室，有空地可以做操场，还有庙产可以做经费。

于是，跟我曾祖父同辈的王思玷先生，跟我父亲同辈的王毓琳先生，自告奋勇拆除神像。他们没好意思动孔夫子，让他还是温良恭俭让站在原处，对配享的颜曾思孟可就一点也没客气。孔像虽在，大殿的空间足可以做学生集会的大礼堂。

到我做学生的时候，乡人还是很迷信。例如说，火车经过的时候，人必须远离铁轨，以防被火车摄走灵魂。例如说，中国人不可看西医，因为西方人的内脏构造与中国人不同，其医理医药对中国人无用。例如说，照相耗人气血精神，只能偶一为之，常常照相的人会速死。

我做学生的时候，镇上架设了电话线。电话为什么能和远方的人对谈呢？乡人说，你看，每根电线杆上端都有一个小瓷壶，电线绕着壶颈架起来，每个小瓷壶里有一个小纸人，电话是由这些小纸人一个一个传出去，传回来。所以，千万不要得罪外国人，外国人会把你的灵魂变成小纸人，囚在瓷壶里，一生一世做传话的奴隶。

回想起来，在我出生以前，那些长辈们决定拆庙兴学，确有过人的胆识。据说他们动手拆除神像的时候，消息轰动而场面冷清，没有谁敢看热闹，唯恐看着看着天神下凡杀人来了。神像拆除之后，多少人等着看后果，而庙中风和日丽，弦歌不辍……

私立学校的教师，有璞公（王思璞，字荆石）、玷公（王思玷，璞公之弟），还有跟我祖父同辈的松爷（王松和，字伯孚）。这几位长辈都在外面受过高等教育，眼见政治腐败，做公务员只有同流合污，决定回桑梓教育子弟，为国家青商会植根奠基。他们都是有钱的地主，不但教学完全尽义务，还要为小学奔走筹款。

到我开始读书的时候，大学毕业生仍然很金贵，名字记载在地方志上，一官半职有得混。在我出生以前，这些受完高等教育的人能不慕纷华，献身自己的理想，回头想一想，大仁大勇也许就是如此了。

我入学以后，孔像还立在那里帮助学校教化我们，学生犯了过失，要面对孔像罚站。

可是，不久，县政府来了命令，孔像必须拆除。执行命令的是王者诗校长，他借来耕牛和绳索。牛只当是耕田拉车，向前一用力，哗啦啦神像倒坍。我记得，孔子的脸破成好几片，还在地上一副温良恭俭让的样子。

小学里的学生百分之八十以上姓王，好像是王氏子弟学校。同学彼此之间以"宗人"之道相处，例如，选班长要选个辈分高的，由辈分高的管那辈分低的。

敝族班辈尊卑按"绍、庸、思、和、毓、才、葆、善"排列，那时绍字辈俱已作古，庸字辈硕果仅存，思字辈和字辈是栋梁精英，我是才字辈，辈分很低，平常受那些叔叔爷爷们指挥，不在话下。

这时发生了一件事。

早期毕业的学长里面有一位靳先生，家境清寒，与寡母相依为命。他们破家之后，前来投靠亲友。

这位姓靳的学长天资优秀，刻苦自勤，以极高的分数毕业，顺利考入师范。我读高小一年级的时候，他在师范学校毕业了。

当年，在我们那个小地方，这是一件大事，家长和老师一再引述称道，勉励我们上进。可是，当这位姓靳的学长申请回母校教书的时候，学校却不愿意接纳。由这件事可以看出那几位少爷同学的影响力。

当靳先生申请回校的消息传来，班上的几位叔叔对我们下达了指示。靳某既不姓王，又不是本地人，他是外乡来的难民，在我们眼里没有地位，这人怎么可以来做我们的老师？尊卑之分怎么可以颠倒？结论是，大家一致反对。

理由本来不能成立，可是校长宋理堂先生是个有行政经验的人，他认为那几个"骄子"的意见多多少少反映了他们家长的心态，"为政不得罪巨室"，他不愿接受这位高才生的回馈。

小学自改为县立，三任校长都是外来的，外来的校长对本地本族的人很尊重。记得有一次，我犯了校规，照例该打屁股，那时，校长是王者诗先生，他对训导处说，最好请姓王的老师执行。王者诗，字辕轩，和我们同姓，没有宗亲关系。王者诗，这个名字真好，后来读诗经，知道典出大雅。这么好的名字，竟没见有人和他同名。他一张红脸膛，一身结实的肌肉，嗓音洪亮，是个行动型的人，也有心思周密处。几经斟酌，孙立晨老师接受了委托。孙是我的表叔，物望甚隆，与潘西池、魏藩三并称兰陵三杰，被认为是适当人选。他朝我屁股上打了一棍子，我就叫起来，他也收手不打了。

主持靳案的宋校长是车辋镇人，他也是大户人家，宋王杨赵是鲁南的四大家族。宋校长白净文雅，说话细声细气，另是一种风格。他认为王家的问题仍由王家的人解决，找璞公荆石老师商量。

荆石老师辈分高，学问好，创校有功，人人尊为大老师，是本族的圣贤。自学校改为县立，他老人家除了上课不多说话，若是备咨询、做顾问，就像孔子那样"小叩之则小鸣，大叩之则大鸣，不叩则不鸣"。他对校长说：本校的学生，学成回母校服务，学的又是师范，有什么理由不用他？

校长估量荆石老师压得住，就把靳请进来，先安置在教务处办公，叔叔们的指示又下来了：只能给他叫靳先生，不准给他叫靳老师。

回想起来，那时候，敝族的精英分子已经僵化了，他们看不清时势，也不了解自身的处境。一年以后，发生了惊天动地的抗日战争，八年以后，掀起了天翻地覆的无产阶级革命，靳先生蛟龙得雨，腾云而上，所谓乔木世家却在惊涛骇浪中浮沉以没，无缘渡到彼岸了。

受害最大的是一位苏老师，提起这件事来我有无限歉疚。

苏老师的长相与众不同。他方面大耳，下巴比一般人宽些，稍稍超前，是所谓蛤蟆嘴。他的前额有一条直立的皱纹，形如三角钉，据说相书上称之为"杀子剑"。但他的脸自有一种吸引力，使人觉得亲切和蔼。

回想起来，他那时大概二十几岁，来教我们国文，也许是他踏入社会的第一步吧，他对教学真是可以用热情洋溢、无微不至来形容呢。也许就因为如此，他才一碰到挫折就受了重伤吧。

教国文的老师喜欢作文好的学生，那是当然的。于是，我们几个多得密圈的孩子，得到他特别关注。时间久了，那在班上目空一切的少爷们觉得自己受到冷落，没有面子，那似乎也是当然的。再加上我，常常提出问题向老师请益，在国文课堂上不时有老师放下书本和我对谈的场面，足以增加某些人对国文课的反感，这恐怕也是当然的吧。

有一次，那是对我最重要的一次，苏老师讲文章作法，他说，同样一件东西，同样一片风景，张三看见了产生一种感情，李四看见了产生另一种感情。他举的例子是，同样是风，"吹面不寒杨柳风"是一种感情，"秋风秋雨愁煞人"是另一种感情。

我对这两个例证起了疑虑。我说，春风和秋风不是一样的风，是两种不同的风，人对春风的感觉和对秋风当然不同。苏老师一听，微笑点头，他说："我们另外找例子。我们不要一句春风一句秋风，要两句都是春风，或者两句都是秋风。"

下课时，他把我叫到办公室，拿出一本书来交给我，封面上两个大字:"文心"。这是夏丏尊先生专为中学生写的书,我一口气读完它,苏老师举的例子,是从这本书中取材。虽然书中偶尔有不甚精密的地方,但我非常喜欢它,它给我的影响极大,大到我也希望能写这样的书,大到我暗想我将来也做个夏丏尊吧。

蓄积已久的暗潮终于澎湃了。国文考卷发下来,有人拍着桌子大喊不公平,另外一些人挥手顿足,随声附和,俨然雏形的学潮。教务处劝苏老师休息一两天,不要上课,苏老师马上辞职了。我真难过。我非常非常难过。

苏老师离校前找我单独谈话,很安静地问我究竟是哪几个人领着头儿闹,我只是哭。

我也不知道究竟为什么没有回答他。若说是怕事,我那时没有那么赖,若说希望他学吕蒙正、不要知道仇人的名字,我那时也没有那番见识。我只是在心里反复默念:"苏老师,我要报答你。"

他很失望。也许我应该把心里的那句话说出来,沉默是金,然而并非任何场合都可以使用金子。

几个月后,我忽然遇见他,他不教书了,改行经商。那么热爱教学的一个人,居然放弃了他的志业,可见那件事让他太伤心了。我曾经是他最爱的学生,可是他那天没理我,一张脸冷冷淡淡。

我更说不出话来了,可是在我心底,我不住地默念,苏老师,我一定报答你!

在这苦闷的日子里,五姑忽然插班进来。那年,五姑也许有十七八岁了吧,大大超过了读小学的年龄。她以少女的灿烂吸引了所有的视线,确乎是鹤立鸡群。

继祖母持家有方,但也做过几件令人不解的事。她老人家最喜欢五叔,五叔早年丧偶,离家投入黄埔军校,留下儿子骥才由祖母抚育,骥才也是她最疼爱的孙子,可是她老人家不让骥才进学校读书。

在五位姑姑中间,继祖母最爱五姑。在那"女子无才便是德"的环境里，五姑固然不曾读书升学，在那"女大不中留"的时代，五姑也迟迟不曾订亲，继祖母拒绝了所有的媒妁。

五姑忽然加入了女学生的行列，在当时当地是一大新闻。

回想起来，五姑不但漂亮，也活泼开朗，心直口快。每当我受人歧视的时候，她坐在最后一排，总看得见。她会大声叫着那人的名字说："王××，不要当着我的面欺负人，我不高兴。"

姐姐训斥弟弟，弟弟不应该反抗，而且，他们也还不知道怎么跟一个身材和口才都超过自己的女生吵架。这些人的行为慢慢收敛了些。

五姑在音乐和体育方面很有天赋。那时，学校里只有简谱和风琴，人声就特别重要。她的年龄，足以把人声的优美完全发挥出来，有些歌曲是她唱成名曲的，——我是说在我家那个小地方。

这里有一首歌，我不会忘记：

　　春深如海，春山如黛，
　　春水绿如苔。
　　白云快飞开，
　　让那红球现出来，
　　变成一个光明的美丽的世界。
　　风小心一点吹，
　　不要把花吹坏。
　　现在桃花正开，李花也正开，
　　园里园外万紫千红一齐开，
　　桃花红，红艳艳；
　　李花白，白皑皑。
　　谁也不能采，
　　蜂飞来，蝶飞来，将花儿采，
　　常常惹动诗人爱。

如今写下来才发现歌词很长，当年从不觉得。五姑唱这支歌的时候，正值她生命中的春天，歌声中有她的自画像，凡是经过教室门外的人都驻足倾听。那年代，女孩子唱歌有节制，只可在音乐教室里唱，只要一步走出室外，就得"重新做人"。所以，我猜，五姑的天赋并未得到充分的发挥。

当她主持公道的时候，有人敢怒而不敢言，当她唱歌时，所有的人都是臣服的，所有的声音都是她的附庸，别人的歌声只有一个用处：把她的音质音色之美衬托出来、彰显出来。我相信，那是母校的一种绝响。

唉，该死的"女子无才便是德"！

就在我"剥极必复"的时候，学校收到了省府发给的一套"万有文库"。文库由商务印书馆出版，王云五主编，是王氏早年对出版界教育界的重大贡献。那时有人说，王云五一生事业是"四"、"百"、"万"，即四角号码，百科全书，万有文库。

各地小学能有这一套书，是省主席韩复榘接受了教育厅长王寿彭的建议，以公款购置发给。韩复榘不读书，王寿彭不读新书，两人居然有此善举，也是异数。

我不记得这套书一共多少本。总之，我有生以来从未见过这么多书。学校为它盖了一间房子，成立了图书馆，派我在课外管理图书。为了工作，我可以不上体育和劳作。从此我有了避难所，下课以后，我就离开教室，坐在图书馆里。那些人从未到图书馆里来过。

文库里面的童话和神话，开了我的眼界。我不记得有小说。文库也给了我科学和历史方面的知识。那时，在同侪中我相当博学。

不久，我又多出一件工作来。校长宣布，他要把这座小学当做一个县来演练实行地方自治。当然，他是奉了上级的指示。

本来，我对这件事没有兴趣，校方公布的规章，我只瞄了一眼，全校学生投票选出一位县长，我早已忘了他的名字。可是"县政府"成立，我被委派为第五科科长，主管教育，给我的生命注入了活力。

那时全国文盲很多，政府推行扫盲。学究办事，先就"文盲"的定义辩论一阵。有人说,只要认识一个字就不算文盲。中国人重视祖先姓氏,没受过教育的人也认得自家的姓,岂不是国中并无文盲?有人说,只要有一个字不认得,仍是文盲,那么打开《康熙字典》看看,岂非全国皆盲?何况《康熙字典》也没把国字收全。

扫盲是教育科的工作。"县政府"成立了许多识字班,选一些高年级的同学去教人识字,称为"小先生制"。我每天晚上去巡回观察教学的情形,撰写工作报告。当然,所有的工作由老师在幕后策划推动。

一个小镇也有"中央"和"边陲"吗,不识字的大都住在靠近城墙的地方,识字班也多半设在那里。五姑任教的那一班,简直就在荒野里。那时没有路灯,手电筒也很稀罕,逢到阴天下雨,一路上确实黑得"伸手不见五指",五姑热心勇敢,从不缺课。

开班以后,临沂城来了一位督学,说是要视察实施的情形。那天晚上校长陪着他出动,由我带路。识字班的班址很分散,他走了三家,站在五姑教学的地方旁听了一会儿,就对校长点点头:"回去吧,下面不必再看了。"

他们回去,我和五姑一同回家。第二天,全校传遍了督学的话,督学说,他看见一个优秀的小先生,发音准确,仪态大方,精神贯注全场,顶难得的是懂得教学法。有这么一个人,足为视察报告生色,其余一笔带过就可以了。他说的就是五姑。可是五姑说,她那时十分紧张,根本不知道自己说了些什么。

"小先生制"给了我信心和愉快,从头到尾没受到什么干扰,这等事,有"干扰癖"的叔们爷们绝对不插手。回想起来,我这一生在那时就定了型:逃避干扰,只能有个狭小的天地。

那时,日子过得如同在一灯如豆之下做功课,眼底清晰,抬头四望昏昏沉沉。

虽然历史老师王印和(心斋)先生痛述近百年国耻纪录,全班学生因羞愤而伏案痛哭,仍然打不破那一片昏沉。

虽然日本军阀出兵攻占了东北三省,"流亡三部曲"遍地哀吟,仍然觉得云里雾里。

虽然日本在华北不断搞小动作,要华北自治,要国军撤出华北,几百名大学生卧在铁轨上要求政府和日本作战,日子仍然像睡里梦里。

印和大爷心广体胖但个子不高,大脸盘永远不见怒容,一尊活生生的弥勒佛,可是那天在国文课堂上发了脾气。

谁也没料到他会发脾气,昨天这时候,他还发给每个学生一块糖呢,上课有糖吃,大家直乐。

他带糖来有原因,那一课的课文是:

台湾糖,甜津津,
甜在嘴里痛在心。
甲午一战清军败,
从此台湾归日本!
…………

他由"宰相有权能割地"讲到"孤臣无力可回天",糖不再甜,变酸。

"明天考你们,这一课的课文一定要会背,谁背不出来谁挨板子。"他很认真,同学们不当真,谁料第二天他老人家带着板子来了……

日子仍然像泥里水里。

唉,倘若没有七七事变,没有全面抗战,我,我这一代,也许都是小学毕业回家,抱儿子,抱孙子,夏天生疟疾,秋天生痢疾,读一个月前的报纸,忍受过境大军的骚扰,坐在礼拜堂里原让他们七十个七次,浑浑噩噩寿终正寝,发一张没有行状的讣文,如此这般了吧。

可是,日本帝国到底打过来了。那天校长的脸变红了,脖子变粗了,他说,对着全校师生握着拳头说,小日本儿贪得无厌,把台湾拿了去,还嫌不够,又拿东北;东北拿了去,还嫌不够,又来拿华北。小日本儿他是要亡咱们的国灭咱们的种!这一回咱们一定跟它拼跟它干!

全校,全镇,立即沸腾,到处有人唱"把我们的血肉,筑成我们新的长城",到处有人念"地无分南北,年无分老幼,无论何人皆有守土抗战之责任,皆应抱牺牲一切之决心"。学生昂然从老师用的粉笔盒里拿起粉笔,来到街上,朝那黑色砖墙上写下"打倒日本帝国主义"。

战争来了,战争把一天阴霾驱散了,战争把一切闷葫芦打破了。战争,灭九族的战争,倾家荡产的战争,竟使我们觉得金风送爽了呢。竟使我们耳聪目明了呢。唱着"把我们的血肉,筑成我们新的长城",由口舌到肺腑是那么舒服,新郎一样的舒服。这才发觉,我,我这一代,是如此的向往战争、崇拜战争呢。

虽然我们都是小不点儿,我们个个东张西望,在战争中寻找自己的位置。

战争给我带来了好几个第一。

校长从大城市里买来一架"飞歌"牌收音机,小小的木盒子,有嘴有眼睛,蚕吃桑叶似的沙沙响,忽然一个清脆的女声跳出来,喊着"XGOA"。我第一次知道那叫广播,无线电广播。

晚上,老师收听中央台的新闻,记下来,连夜写好蜡版,印成小型的报纸,第二天早晨派学生挨户散发,我参加了工作。那是我第一次"做报"。

我还第一次演戏,演"放下你的鞭子"。

还有,我第一次慰劳伤兵。

战局自北向南发展,韩复榘不守黄河天险,不守沂蒙山区,日军一下子打到临沂。伤兵源源南下,从西门外公路上经过。

这天镇公所得到通知,大队伤兵取道本镇,中午在镇上休息打尖。

镇公所立即动员民众烧开水、煮稀饭,把学生集合起来,每人发一把蒲扇,等到躺在牛车上、担架上的伤兵停在街心,用蒲扇给他们赶苍蝇。

那天烈日当空。那天苍蝇真多,苍蝇也有广播和报纸吗?怎么好像是从四乡八镇闻风而来？它们才不管谁是烈士谁是英雄，它们不问谁已复苏谁在昏迷，只要是血，不管什么样的血，即使是绷带上晒干了的血，紫色的硬如铁片的血。

我们站在担架旁边，挥动蒲扇，跟苍蝇作战。右手累了换左手，左手累了用双手。女生闭着眼睛攻击，不敢看浴血的人。女生的母亲来了，给女儿壮胆。有些母亲，包括我的母亲，发现仅仅雪蒲扇还不够，端一盆水来给伤兵洗手擦脸。那手那脸真脏，把半盆水染黑了。那手那脸任你擦，任你洗，原来闭着的眼睛睁开，表示他知道。母亲用湿手巾像画一样像塑一样使那张脸的轮廓清清楚楚显示出来，才发现那是一张孩子的脸。母亲流下眼泪，很多母亲都流下眼泪。

我们曾经恨兵，我们曾经讨厌兵。可是那天，我们觉得兵是如此可爱。我们觉得那样脏的绷带，用门板竹竿网绳做成的那样简陋的担架，实在配不上他们的身份。那天我们最恨苍蝇，可是，头上空中出现了敌人的侦察机，我们又希望全省全国的苍蝇都来，组成防空网，把地上的一切盖住。

那时的防空常识说，你只要原地不动，飞机上的敌人看不见你。蒲扇马上停下来。那时，流传基督将军冯玉祥的名言：天上的乌鸦不是比敌人的飞机更多吗？乌鸦拉屎可曾掉在你身上？我们一致默诵那首诗："铁鸟来，我不怕，乌鸦拉薄屎，我没摊一下。"

侦察机来了，去了，然后，是我遭受的第一次空袭……

由"七七"日军在卢沟桥起衅到日本空军轰炸兰陵，其间相距半年。这半年没有上课。

我们不上课，我们听广播，广播里有沙沙的杂音，轻时如蚕食桑叶，重时如雨打芭蕉，但我们只听见新闻，听不见杂音。那时新闻中尽是伤亡与撤退，我们非但没有沮丧的感觉，反而兴奋得睡不着觉。不管眼前是胜是败，中国动手打鬼子了，到底打起来了。

那时，收音机是新奇玩意儿，每天晚上有许多人堵在办公室门口见识一番，校长宋理堂先生严格规定不准我们动手摸弄，我就坐在办公桌旁等候老师开机。那时收音机的体积大，有木制的外壳，正面分布着三个钮，一条标示波长的尺，还有送音的喇叭，它的构图常常使我想起人脸。开机后，那一声女高音"南京中央广播电台 XGOA"，使人精神大振，手舞足蹈。广播真是个神秘的行业，不料十三年后我也成为这一行的从业人员。

稍后，在靳耀南老师主持下，我们分组到四乡募集铜铁，供给兵工厂制造子弹。我参加的那一组负责兰陵北郊的农村，那是我第一次亲近北郊的田园人家。我们天天出动，记得曾有一位少爷同行，有一天，他进了村庄把任务交给村长，我们坐在村长家里喝茶，工夫不大，一阵乒乒乓乓装满了一辆独轮车。回想起来，这一番举动的效用乃是在教育和宣传，借着募捐深入而普遍地宣扬了"抗战人人有责"和"抗战人人有用"。

为"唤起民众"，学校的老师们演了一天戏，这件事最是轰动四方。学校的大礼堂原是孔庙正殿，殿前有一座高台，宽大平整，想是当年祭孔的地方，而今是现成的舞台。国文老师田雪峰先生，临沂城人，长于皮黄，荆石老师和靳耀南老师博通话剧，戏码不难安排。

演员就地取材，台上台下都有趣事。戏里有日本兵有汉奸，演汉奸的那个小伙子有天分，第一次上台就引得台下唉声叹气骂他坏。他老娘在台下顾不得看戏，人丛中挤来挤去找熟人，找到熟人就再三表明他儿子孝顺、诚实、也爱国，是个好人。

大轴是新编的京戏，剧情是日军侵略，人民流离失所。田雪峰老师演老生，靳耀南老师反串老旦，这两大主角事先请了说戏的师傅来研究身段，又吊了个把月的嗓子，郑重其事，演出时感动了许多人。

老旦的戏本已赚人热泪，结尾时老生又有一段碰板：

难民跪流平　尊一声列位先生仔细听　独只为我们的家乡遭了兵　逃难来到兰陵城　可怜我举目无亲腰内空　腹内无食活不成　但愿得兰陵镇上有救星发发慈悲　给我煎饼　热汤热水救救残生　救人一命

胜似念经

演到此处，台下观众纷纷掏出铜元来往台上丢撒，（那时买盐打油还使用"当十""当二十"的铜元。）全剧遂在主角道谢配角捡钱中落幕。

学校并没有正式宣布停课，我们仍然天天到校，也看见每一位老师都在学校里。每个都有做不完的事情。这期间，县政府的视察来过，走马观花，夸奖我们新编的壁报。

后来，老师渐渐减少，他们打游击去了。

然后，同学也渐渐减少，每个人的心都野了，散了，不能收其放心了。

然后，就是那次击碎现实的轰炸。

第四章 荆石老师千古

"天降下民,作之君,作之师",这句话已经被民主主义者批倒斗臭了,不过,小时候,我对这话深信不疑。那时候,我以为领导民主运动的人,也属于"作之君,作之师"一类。

人,虽然都是圆颅方趾,都属灵长类、二手类,怎么有一种人天生具有令人信服的力量,怎么有一种人,你和他一见面就觉得他影响了你,……

后来懂一点美术,知道线条颜色怎样左右你的情感,我想,也许是那些人的肌肉骨骼模样轮廓恰好符合了美术上的某种要求吧。

后来懂一点音响,知道什么样的声音能造成什么样的气氛、产生什么样的幻觉,我想,也许是那些人的谈吐言笑、音质音色,有某种魅力吧。

为什么只有生公说法能使顽石点头呢,那秘密的力量,一定藏在生公的容貌体态声调里。

后来又知道,人的内在学养形之于外成为气质,气质可以有吸引力亲和力。种种如此,这人就不是寻常一人了,他就是造物有私、得天独厚了。

也许,我只能如此解释璞公荆石老师对兰陵人发生的影响。

荆石老师排行居长,人称"大老师",他有两个弟弟,二弟叫王思玷,人称"二老师",三弟叫王思瑕,人称"三老师"。单看名字可以猜出这是一个不同流俗的家庭,依取名的习惯,"思"字下面这个字该是精致华贵富丽堂皇之物，他们三兄弟不然，一个想的是"璞"，璞，原始石头也；一个想的是"玷"，玷，玉石上的缺点也；一个想的是"瑕"，瑕，玉石上的斑痕也。

他们想的是真诚的品德和行为上的过失。兰陵千门万户，如此取名字的仅此一家。

大老师首先影响了他的二弟，使二老师成为小说作家和革命斗士；接着影响了他的三弟，使三老师成为自学有成的经济学者。同时，他影响我们的父兄，并且办学校影响我们。

我没见过他青年时期的照片，等我有幸"亲炙"的时候，他已过中年，头发半白，手背上鼓起青筋，加上身材瘦小，名副其实地唤起"荆"和"石"的意象。但是，你绝不认为他是个干巴巴的老头儿，我从来没有这样的意识，我只感觉到尊严、权威，然而并不可怕。

那时，我们开始发展少年期的顽皮，但是，在他老人家上课的时候，我们是鸦雀无声的。

那时，我们逐渐有了拖拉逃避的恶习，但是，他老人家规定的作业，我们是准时呈交的。

他老人家从未大声呵斥任何人，从未威吓警告任何人，从未用体罚或记过对付任何人。可是我们总是用心听他的话，照他说的去做，唯恐自己太笨，又唯恐他对我们的期望太低。

那时，我们小孩子夹在大人的腿缝里仰着脸听高谈阔论，时时可以发觉大老师是家乡的"意见领袖"。

我记得，小时候，夏天，有一位长辈在院子里乘凉，忽然看见空中出现了宫殿街道与人群。他以为南天门开了，他以为看见了门内的天堂，连忙跪下祈求神灵让他儿子做官。

第二天，消息轰动全镇，但是大老师说，那不是南天门，那是光线折射造成的海市蜃楼，那根本是某地一座大庙的幻影。哦，原来如此！"南天门震撼"立刻消失。

那年月，中共在江西成立苏维埃组织，斗争地主，乡人皱着脑袋瓜儿想，想这是什么道理。"有人问过大老师吗？"据说有人问过，据说大老师面无表情，口无答语。据说大老师向某人说了八个字：事有必至、理有固然。众家乡人只好暗自猜这是个什么理，这是怎么一回事。……

敝族在明末清初昌盛起来，有清一代，出了五位进士，若干举人秀才，酒香之外，兼有书香。民国肇造，新学勃兴，我们家乡是个小地方，骤然跟新时代新潮流脱了节，幸亏还有青年子弟剪了辫子出去受教育，璞公玷公是其中之佼佼者。

这兄弟俩本来是学铁路的，那时都相信"建设之要首在交通"，毕业后本可以在外面做官，可是那时做官，要陪上司打麻将吃花酒，替上司弄红包背黑锅。那时军阀混战，政局不定，一朝天子一朝臣，做官的随时准备另找职业。这兄弟俩一看，算了吧，不如回家办个小学。

这个决定何等了得，弟兄俩承先启后，把文化的命脉在我们家乡接通了。

那时，家乡有四位有实力有声望的少壮精英支持办学，愿意跟大老师共同担任校董，他们的名讳是王思澄、王思庆、王思敬、王思璜。在他们的支持下，二老师亲自率众拆掉庙里的神像，改建教室。

私立兰陵小学成立，大老师以校董主持行政，同时教国文，教历史，教美术，除了音乐以外，他都能教，是一位全能的教师。他和二老师自称义务教员，不支薪水，后来，与我祖父同辈的王松和来做过校长，松爷学贯中西，有领导才能，他也没拿过一文报酬。

通过教学，大老师把许多新生事物引进家乡。

他引进注音符号，时间在国民政府通令正式以注音符号列入教材之前。拼音时，他先把前两个字母拼成一音，再用这个音去拼最后的韵母，可说是两段拼法，与各地流行的一次拼法不同。他似乎吸收了"反切"来推行拼音，这个两段拼法一直使用到"县立时代"，成为母校教学的一项特征。

他引进话剧，不仅剧本，还有道具服装布景效果一整套东西。他编写的《正义的话》，自己导演，演出一个纯朴的乌托邦，国王和农夫在阡陌间对谈，上下之间没有隔阂和压迫。

　　他引进木刻。他大概在一九二五年左右就把木刻列入美术课程。他要求学校供应木版和刻刀，只收成本费。学生把他刻成的作品拓下来，贴在木版上，描红一样照着刻。为了替学校筹款，他刻了一张很大的海报，画面主体是一把熊熊燃烧的火炬，火头上悬着一枚制钱，下面一行大字："就差这把火！"这种"诉诸群众"的方式，也是他第一个在家乡使用。

　　他引进荷马、安徒生、希腊神话和《阿Q正传》。他也引进了许地山。他本来不主张背诵，他以补充教材讲授《阿Q正传》的时候，偶然赞叹"这样精炼的白话文，应该背诵，值得背诵"。于是他老人家最喜爱的一些学生展开了背诵竞赛，几天以后，这一部几万字的中篇小说，竟有好几个人能够从头到尾一字不漏地背出来。

　　这些先进学长也背诵了荷马的《奥德赛》。

　　还有，我必须记下来，他老人家引进了马克思。……

　　朱子说，有个朱晦庵，天地间就多了些子；没有朱晦庵，天地间就少了些子。大老师之于吾乡，也许就是如此了！

　　大老师有反抗世俗的精神，不仅见之于还家不仕，拆庙兴学，还有很多行谊。

　　例如，他的书法。

　　吾乡吾族以书法家衍公（王思衍）为荣，习字皆以衍公的楷书为范本。那时习字用毛边纸铺在范本上摹写，称之为"仿"，这底下的范本叫做"仿影"。

　　衍公的墨宝并不易得，外人慕名求字，多半由他的得意门生（也是他的本家侄子）王松和以行草应付，颇能乱真，不过，若是本家子孙向老人家要一张"仿影"，几天内一定可以拿到真迹，不论远房近房，富家穷家，有求必应。

所以家家有衍公写的"仿影"。收到仿影的人，多半以"双钩"描出轮廓，用墨填满，保存原件，使用副本；也有人并不那么讲究，直接使用真迹，墨透纸背，渐渐把仿影弄脏了。没关系，等到仿影脏到不能使用时再去要一张来。

衍公写出来的仿影，近颜似柳，端正厚重，均匀整齐而又雍容大方，正是清代士子必习的馆阁体。族人在这一字体的熏陶中成长，写出来的字差不多同一面目，外人戏称"兰陵体"。

那时，过年家家贴春联。旧年最后一天，家家都把春联贴好了，这时有一个非正式的节目，三三两两到街上散步，左顾右盼，欣赏春联。林林总总，春联上的字天分有高低，功力有深浅，但同源共本，确有所谓"兰陵体"。

大老师不学兰陵体，他写汉隶，不是因为写得好，而是因为要写得不同。

还有，他主持的别开生面的婚礼。

他的公子王纶和先生结婚，是吾乡一大盛事，世家联姻，郎才女貌，大老师又改革了婚礼。

大老师的故居在兰陵西南隅，与我家祖宅为邻，门前有一行槐树，乡人称他家为"槐树底"。我们两家门外有广场相连，平坦洁净，供收割庄稼使用，乡人管这种广场叫"场"，阳平，读如"常"，他家和我家一带地区统称"西南场"。大婚之日，"场"中肩并肩腿碰腿挤满了观众。

我是那次婚礼上的小观众，并且努力挤进了大门，眼见拜天地废除了叩首，改用鞠躬。新娘似乎未用红巾蒙头，即使有，也老早揭掉了，新娘新郎当时就站在院子里照相，大老师挤在观众当中着急，认为新郎的表情生硬，需要改进。他老人家也许认为这张照片应该像他在南京上海所见、一双璧人露着幸福的笑容吧。

大老师"欲回天地入扁舟"，他老人家毕竟是"思想的人"，二老师才是"行动的人",思想的人与入室弟子坐谈论道,行动的人提着头颅走向战场。大老师成为先进,二老师成为先烈。从二老师的实践看出大老师的观念。

典型在夙昔,古道照颜色。大老师如乳,二老师如酒;大老师如杜甫,二老师如李白;大老师如诸葛,二老师如周郎;大老师如史,二老师如诗。

大老师三读资本论,赞成社会主义,欢迎共产党。我没听他亲口说,只听他的得意高足这么说,"槐树底"的子弟也这么说,人证凿凿,要怀疑也难。

我只知道大老师同情——甚至尊重——穷苦而又肯奋斗的人。

有一个人,算来和大老师同辈,半夜起来磨豆腐,天明上街卖豆腐,他儿子在小学读书,成绩极优。当他的太太沿街叫卖热豆腐的时候,那些大户人家深以辱没了王家姓氏为憾,唯有大老师,若在街头相遇,必定上前喊一声三嫂子。这一声三嫂子出自大老师之口,给他们全家的安慰激励是无法形容的。

有一次,全县的小学举行演讲比赛,本校要派一名代表参加。为了选拔代表,各班先举行班内比赛,选拔好手,各班好手再举行校内比赛,产生本校的代表。比赛由大老师主持其事,他特别识拔一个叫管文奎的同学。管文奎的父亲去世了,母亲做女佣抚养子女,是真正的贫户。大老师认为文奎的演讲有"擒纵",抑扬顿挫,节奏分明,声音也响亮动听。文奎果然不负厚望,赢得这次比赛的亚军。

那时,兰陵的清寒人家有些是敌族的佃户或佣工,他们的孩子和"东家"的孩子一同读书,那些少爷小姐把阶级观念带进了学校。在那种环境里,连某些老师也受到习染,走在路上穷学生向他敬礼的时候,他忘了还礼。我们的大老师不是这个样子,大老师的儿子侄女也不是这个样子。

我只知道这些,别的全不知道,余生也晚,及门受教时学校已改县立,国共已分裂,江西剿共已进行,大老师思不出位,言谈绝不涉及国文以外。但是我想,他老人家那些"入室"弟子也许仍然有些"异闻"吧?

其实,那时候,某种思想已经写入政府编印的国文课本,例如:

春种一粒粟,秋收万颗子。四海无闲田,农夫犹饿死!

例如:

嫂嫂织布,哥哥卖布,卖布买米,有饭落肚。

土布粗,洋布细,洋布便宜,财主欢喜。

土布没人要,饿倒哥哥嫂嫂。

这一类课文,与最早的"天子重英豪,文章教尔曹"固然反其道而行,跟稍后的"春游芳草地,夏赏绿荷池"也大异其趣。关心民瘼的大老师,对此也许不能"予欲无言"吧。

一个不可抹杀的事实是,七七事变发生,兰陵人奋起抗战,国共竞赛,各显神通,大老师最欣赏最器重最用心调教的学生全在红旗下排了队,他们的大名是:王言诚(田兵),靳耀南(荣照),魏洁(玉华),杨冷(文田),王川(生杰),王秋岩(思菊),孙立晨,陈桂馨(德哥),孙缙云,王立勋,管文奎。这些人都做了建造"人民共和国"的良工巧匠,其中王言诚,王川,靳耀南,更是劳苦功高。这,恐怕不是偶然的吧!

言诚先生说,大老师接受社会主义,他并非从阶级观点出发,他是从孔孟的仁爱和释迦的悲悯出发,他老人家认为儒家释家都空有理想,只有共产党能够付诸实行。所以,就让共产党来干吧。

或者,大老师好比《新约》里的施洗约翰,在旷野里"预备主的道,修直他的路"。

也许,大老师不像施洗约翰,他未必了解"那后之来者比我大,我就是替他提鞋也不配"。

回想起来,我并非大老师的好学生。那时,人人称赞我的作文好，大老师却说不然。

那时我们爱写抒情的散文，所抒之情，为一种没有来由的愁苦怅惘，不免时时坠入伤春悲秋的滥调。那是当时的文艺流行病，我们都受到感染，而我的"病情"最严重。

那时，我已经觉察国家危难，家境衰落，青年没有出路，时时"悲从中来"，所以不能免疫。

"愁苦之词易工"，我那时偶有佳作，受人称道，只有大老师告诉我们，这样写永远写不出好文章。

他老人家说，文章不是坐在屋子里挖空心思产生，要走出去看，走出去听，从天地间找文章。

天下这么多人你不看，这么多声音你不听，一个人穷思冥索，想来想去都是别人的文章，只能拼凑别人的文句成为自己的文章，这是下乘。

他老人家最反对当时流行的"新文艺腔调"，例如写月夜："一轮皎洁的明月，挂在蔚蓝色的天空，照着我孤独的影子。"例如写春天："光阴似流水般地逝去，一转眼间，桃花开了，桃花又谢了，世事无常，人生如梦。"当时，这种腔调充斥在模范作文或作文描写词典之类的书里。他不准我们看这些书。

他老人家说，说书人有一种反复使用的"套子"，死学活用。说书说到官宦之家，大门什么样子，二门什么样子，客厅里挂着什么字画，摆着什么家具，有一套现成的说法，这一套可以用在张员外家，也可以用在李员外家；可以用在这部书里，也可以用在另一部书里。作文一定要抛弃你已有的"套子"。

依他老人家的看法，学文言文和学白话文，方法大有分别。学文言是学另外一套语言，那套语言只存在于书本里，在别人的文章里。你必须熟读那些文章，背诵那些文章，才可以掌握那一套语言。你写文言文的时候，先要想一想你能够背诵的那些句子，把它从别人的文章里搬过来使用。你写的文言文是用古人的句子编联而成，颇似旧诗的集句。

那时去古未远,大家对学习文言的过程记忆犹新,自然拿来用它学习白话文学。可是大老师认为这是歧途,白话文学的根源不在书本里,在生活里,在你每天说的话里,不仅如此,在大众的生活里,在大众每天说的话里。

回想起来,大老师这番教导出于正统的写实主义,是堂堂正正的作家之路,对我们期望殷切,溢于言表。可是,那时候,我并没有完全了解他的意思,我相信,别的同学也没有听懂。

回想起来,这段话,也许是说给我一个人听的吧?遍数当年全班同学,再没有像我这样醉心作文的。

可是,那时,我完全没有照他的话去做。

他说,文笔一定要简洁。

国文课本里有这么一个故事:敌人占据了我们的城池,我军准备反攻,派一个爱国的少年侦察敌情。这少年在午夜时分爬上城头,"看见月色非常皎洁"。

看见月色非常皎洁!全课课文只有这一句写景,大老师称赞这一句写得恰到好处。为什么到了城头才发现月色皎洁?因为这时他需要月色照明,好看清楚城里敌人的动静。他说,倘若由俗手来写,恐怕又是"一轮皎洁的明月挂在蔚蓝色的天空",一大串拖泥带水的文字。

受降城上月如霜!月如霜三个字干净利落,用不着多说。

他老人家的这番训诲,我倒觉得不难。我把这种写法首先用在日记上。我记下,参加一个亲人的葬礼,"四周都是哭红了的眼睛",大老师给我密圈。我记下,有一天因事早起,"星尚明,月未落,寒露满地,鸦雀无声",大老师又给我密圈。

通常,学生的作文都很短,老师总是鼓励大家写得长些。有一次,大老师出题目要我们比赛谁写得又好又短。题目是"我家的猫"。我写的是——

我家的猫是一只灰色的狸猫，是三岁的母猫，是会捉自己的尾巴不会捉老鼠的猫，是你在家里的时候它在你脚前打滚儿、你不在家的时候它在厨房里偷嘴的猫，是一只每天挺胸昂首出去、垂头丧气地回来的猫。你说，这到底是一只什么猫？

据说，大老师看到我的作文时微微一笑："这孩子的文章有救了。"作文簿在老师们手上传来传去，有人认为"的猫"两个字太多了，删掉比较好；也有人主张"的猫"很有趣，而且扣题，题目就是"我家的猫"嘛！

在那一段日子里，我对作文又爱又怕，怕我那些"妙手偶得"的佳句不能通过大老师的检验。有一次，我在作文簿上写道：

时间的列车，载着离愁别绪，越过惊蛰，越过春分，来到叫做清明的一站。

大老师对这段文字未加改动，也未加圈点，他在发还作文簿的时候淡淡地对我说："这是花腔，不如老老实实地说清明到了。"

又有一次，我写的是：

金风玉露的中秋已过，天高气爽的重阳未至。

他老人家毫不留情地画上了红杠子，在旁边改成"今年八月"。

回想起来，大老师提倡质朴，反对矫饰，重视内容。他朝我这棵文学小草不断地浇冷水，小草受了冷水的滋润，不断地生长。这一番教导对我的影响太大、太大了。

二老师珩公完全实践了他大哥的文学理论。

珩公一八九五年出生，一九二六年响应北伐起事战死，得年三十一岁。他在一九二一年至一九二四年间，也就是二十六岁至二十九岁之间，在茅盾主编的《小说月报》上连续发表了七篇小说，被茅盾惊为彗星。

这七篇小说经王善民、靖一民两先生合编为《午夜彗星》一书，它们是：

《风雨之下》——描写一个老农在天灾下的挣扎。

《偏枯》——泥瓦匠因为瘫痪，不得不出卖儿女的故事。

《刘并》——庄稼人受地痞欺负，无处申诉的故事。

《归来》——"浪子回头"故事的现代版。

《瘟疫》——描写老百姓对军队那种入骨的恐惧。

《一粒子弹》——一个农村青年热衷从军的下场。

《几封用 S 署名的信》——一个下级军官怎样由升官发财的梦中醒来。

七篇小说都是很完整的艺术品。一如大老师所主张的那样，这些小说的题材来自触目所及的现实，透过精细的观察而取得，摒弃了玄想梦幻；小说的语言因靠近日常生活而朴实真挚，不卖弄修辞技巧去刻意雕琢。更重要的是，作者珆公虽然是出身地主家庭的知识分子，却以无限的关怀描写了贫农下农的痛苦，这想必更是大老师所乐见的吧。

二老师提笔创作的时候，距离胡适提倡白话文学才四年，"新文学第一篇短篇小说"《狂人日记》发表后三年，许多小说家还不曾崭露头角，二老师居然能把短篇小说的形式掌握得如此完美（增一分则太长，减一分则太短），居然使节奏的流动、情节的开阖、情感的起伏三位一体，我们只有惊叹他的天才，惋惜他的天不假年！

《小说月报》是当年小说作者的龙门，茅盾先生以小说祭酒之尊来此掌门，他根本不知道王思玷是何等样人，来稿七篇一一刊出，采用率百分之百。他又把七篇中的三篇选入《新文学大系》，入选比率为百分之四十。茅盾在《新文学大系》小说卷的序言里以一万九千字推介入选作品，珆公占了一千多字。由此可以看出，那时领导文坛的人，对于有潜力有发展而又符合意识取向的作家，是多么勤于发掘、乐于揄扬！深耕易耨，无怪乎有后来的遍野丰收！

那时白话文尚未成熟，二老师受时代限制，小说语言有生糙处（不是生硬）。方今白话文精雕细镂，熟极而流，又有故作生糙以示返璞的趋势，二老师的小说今日读来，反而别有风味。他苍劲似鲁迅，沉实似茅盾，《瘟疫》一篇显示他能写讽刺喜剧，《偏枯》《刘并》《几封用 S 署名的信》，都在结尾处显露冷酷中的人情、绝望中的转机以及最后可能有的公道。千里冰封，一阳来复，不似后来某些作品之赶尽杀绝、决裂到底。种种迹象，他本来可以成为伟大的小说家。可惜天不假年，他老人家三十一岁就因为响应北伐起义成仁了。

第五章 血和火的洗礼

战史记载：一九三七年七月七日，日本在中国发动卢沟桥事变。

日本军阀打算灭亡中国，战局逐步扩大。中国军队的训练和装备远不及敌人，但作战英勇，伤兵源源南下，过兰陵，转台儿庄，送入徐州的医院。

小酒馆里塞满了谈论战局的人，大家无心工作，甚至无心饮酒。

佟麟阁赵登禹两位将军阵亡，大大震撼了父老们的神经。他们一生只见师长旅长生杀予夺，从未反过来设想过。

金星熠熠佩剑锵锵的巨人应该不容易死。即使是该死如韩复榘，乡人也编造谣传是用暗杀的方式行刑的。小酒馆里的父老们实在无法想象，把一个统兵数十万的大员押赴刑场如此这般，和一个乡愚的结局相同。

不容易死的人接二连三死去，可见天下大势十分十分严重。老天爷决定要减少世上的人口，小百姓要背乡离井，惶惶然去寻找自己的葬身之地了。

在小酒馆里，我那些可敬可爱的父老，以如此淳朴的头脑面对五千年未有之变局。

战史遗漏了一些事情。

这天中午，来了满街的伤兵，也来了一架侦察机，在兰陵镇上空转了两圈，低飞，机翼下面清清楚楚地贴着红膏药。那时制空权在敌人手中，侦察机走了，好像无数个血红的斑点还贴在天上，密密地贴了两圈。

下午，轰炸机临空，想必是根据侦察机的报告而来。伤兵早已走了，飞机依然充满自信、肆无忌惮地飞临上空，等因奉此丢下几颗炸弹。

我那时在我们大家宅的前门口游玩。前门有门楼，门楼下面两侧都有青石制成的石凳，石面可能有一尺厚，光滑清凉，坐上去十分舒服。门外是大树和广场。

我家奉命住在大家宅的后面临街的部分，我们无故不到前面来，那天不知怎么我来了。

我坐在门楼下左侧的石凳上。不知怎么继祖母也出来了，七叔陪着，她老人家望望广场里的阳光抽一口旱烟袋，在右侧的石凳上坐下。

就在这时，敌机临空，天朗气清，我抬头看它，如看两只专心觅食的大鸟。据说一共来了五架轰炸机，可是我只看见两架。

忽然我一阵眩晕。恍惚间我看见祖母哭了，念着菩萨的名号，鼻涕流出来，浑身发抖。七叔连忙上去抱住她。

那时，所有的人都说，敌机投弹之前先要俯冲，俯冲时螺旋桨的声音改变，好像蜜蜂掉进玻璃瓶里。但是我那天看得清清楚楚，飞机踱着方步一如故常，声音、高度、姿势都没有变化，漫不经心，好像这地方它不屑一炸。

说老实话，我也没看见垂直下落的炸弹。

轰炸的时间很短，等我觉得恐惧时，恐惧已成过去。

虽然我们祖孙一同度过大劫，她老人家在起身离去时却是反而又藐视又憎恶地瞧了我一眼。她在七叔搀扶下蹒跚入内，我仍然坐在原处仔细回味方才的光景。

我想起我听到的种种传说，回想以前一些模糊的回忆。我常想，如果轰炸的时候我们不在一处，或者她老人家临去没有看我，那有多好！那有多好！

这次轰炸，炸倒了一些房子，炸死了五个人。

敌机临空，伤兵早已走了，可是原来停留伤兵的那条街正好有人办丧事，满街的亲友吊客，不是穿着孝服就是戴着孝帽子。也许，轰炸员以为这些幢幢白影就是伤兵。

可是敌人投弹不准，弹落点偏离目标，否则，我家的情况不堪设想，因为"伤兵"就在我家墙外。

我家平安无事。由我家向东，距离大概三个家庭，天井里炸了一个大坑，是离我家最近的弹着点。

那家的主人也是吾族的一位长辈。小学停课以后，他成立了家馆，有二十几个同学到他家读《论语》，我是其中之一。万幸！挨炸那天学屋里没人。

这一炸，家馆当然办不成了，我去取回我的书本和文具。

炸弹在四合房天井的中心炸出一个深坑，我站在坑沿向下看，那深度，如果我跳下去，一定爬不上来。

炸弹尽管炸出一个深坑，却没有把四面的房屋炸倒。好像是，炸弹在天井中央爆开的时候，四面的房屋恰巧都在死角之内。日光之下竟有此事，即使出于计算和设计，也未必能控制得如此精确。邻人虽然惊魂未定，也都来看这战时的奇景。

当然，炸弹的震撼力很大，房屋的结构恐怕会受到伤害，糊在窗棂上的纸成为碎片，檐瓦大半脱落下来，屋子里一步一个脚印，老屋百年积藏的灰尘被迫降落，掩埋了掉在地上的书本文具。

老师面无人色，他说飞机临空的时候，他正躺在床上抽大烟，炸弹一响，他赶紧钻到床底下去。感谢祖先，当初房子盖得这么结实……

家家户户连夜外逃，逃难起初像搬家，甚至东西都想带着，后来慢慢学习割舍。那时我弟弟尚在学步，妹妹也太小，不能多走路，局势对我家非常不利，可是仍比有产妇的人家要"幸运"一些。母亲告诉我，《圣经》提到末日灾难时说过："怀孕的人有祸了。"

幸亏魏家两兄弟来挑担推车。那时我家的田产已经不多,全由魏家耕种。

魏家老大身形魁梧,满脸麻点,人称魏麻子。母亲严厉嘱咐,不可管他叫麻子,只能叫老魏。但是母亲又不叫他老魏,只叫麻子。后来我明白,女人之中,叫老魏是魏太太的专利。

我对老魏很崇拜,他力气大胆子也大,能做许多我们做不到的事情。我模糊认为,他如果去投军,可以做将军。

要丢掉一个家却也不易。母亲要把家里的鸡全都杀死,一共四只。这件事以前做过无数次,这一次有了困难。母亲一手持刀,一手把鸡脖子弯过来,可是割不破鸡的喉管。

只好把老魏请过来。老魏杀鸡的方法很特别,他把鸡头按在地上,手起刀落把脖子砍断。没有头的鸡站起来逃走,在五步以后倒下,想飞,只能用翅膀扫地,飞不起来。

四只鸡费了他四刀,真是游刃有余。四只鸡的身体向东西南北不同的方向逃去,都逃不多远。一路留下血渍,像被一条血索牵着。

敌机投弹的时候,这四只鸡大声啼叫,而且忽然恢复了飞翔的能力,一同腾空而起,然后跌下来,伏在地上喘息。敌机走后,四只鸡全变了样子,有惊惶的眼、抖动的头。所谓"鸟惊心",大约就是如此了。

有一只是大公鸡,红色的羽毛带着金光。平时谁家杀鸡,如果杀的是公鸡,总是围上来一群孩子讨那从尾部拔下来的长长羽毛。这一次没有,大公鸡死得寂寞。

母亲做了一锅红烧鸡,但全家人已丧失食欲和味觉,为了连夜赶路,又必须吃些东西,这一餐很痛苦。最后,所有的鸡肉都送给魏家。

从那天起,我不能正确地判断鸡肉的滋味。那时我尚未了解,从灾难中走过来的人会对许多东西丧失品鉴欣赏的能力。

第一站,南桥,兰陵之东,外祖母家。

我从未见过外祖父,他老人家是我的上古史。

我从未见过大舅父。据说,他因为没有考中秀才,而他之所以落

第五章 血和火的洗礼

第又由于考场舞弊，于是愧愤交加，一病不起。——有人说他上吊自杀。那也是好久以前的事了。

大舅母从二十二岁开始守寡，并无儿女。她并不和外祖母住在一起，也从未邀请我们去她家作客。

大舅父留给我的回忆是书房里重重叠叠的线装书，大舅母留给我的回忆是南桥村外一座贞节牌坊。旌表由国民政府批准，一位姓蒋的内政部长署名。

贞节牌坊有一定的式样，中间最高处照例雕出一个长方形的平面，上面有两个大字："圣旨"。轮到大舅母，这圣旨两个字换成国民政府的大印，甚为怪异。

依照通例，寡妇必须累积了许多艰苦的岁月，耗尽青春，再无恋爱或改嫁的可能，才可以得到旌表。所以，我推测，这时大舅母一定不年轻了。

通常，受旌表的节妇多半身兼贤母，也就是说她辛苦抚养的儿子做了官或者发了财，官署和亲族看子敬母。大舅母在门衰祚薄之家，这一点封建虚荣得来不易。

我那时对人生的痛苦了解不多。在我的想象中，大舅母以坚强的性格过着神秘的生活，自己有特殊的人生哲学。她一生清心寡欲，血肉尽成冰雪，临终将轻如蝉蜕。

外婆家另一个令我难忘的人物是我的小舅，他排行第六，叫任富才。

小舅身材瘦小，一副"小弟"模样。可是他不安于"小"，日本军队在河北一动手，他就着手组织游击队，自封为"大队长"。

我这位六舅似乎并没有领袖的魅力，也缺少领导才能，他的号召来自"财散则人聚"，肯花钱。他自己闹穷，唯一的经济来源是变卖外祖母的田产。那时候，外祖母已是风烛之年，六舅是唯一的继承人，置产者和六舅立下契约，六舅收下一笔钱，某一块田算是人家的了，但正式手续等外祖母死后再办。

那时，像外祖母家这样的家庭很多，用"先上车后补票"的方式买卖田产不是新闻。当时有三句话描写这种败家子弟的心情，说他"恨天不冷，恨人不穷，恨爹娘不死"。恨天不冷，因为他有皮袄；恨人不穷，因为别人有一天买尽他的家业。至于第三句，我想用不着解释。

六舅有一条腿伸不直，是个跛子，经常骑驴代步。邻人笑问跛子怎能打游击，他很自负地说，历史上从此出现第一个跛腿的游击司令。我想，如果他真个百战成雄，名垂竹帛，他这句豪言壮语也就流传众口、廉顽立懦了，可惜这事认不得真，一撮人捧着他使枪耍刀，和捧着他斗鸡走狗并没有区别，也趁机做点别的事，那些事比斗鸡走狗更坏。

六舅打游击的笑话不少。有一次，他们行军，大伙儿走着走着回头一看，他们的头头儿不见了，只有空荡荡的驴子心不在焉地跟在后面。　平时六舅上下坐骑必须有人搀扶，断无中途独自下马之理，不用说是从驴背上摔下来了。大家急忙回头寻找，见他躺在一块新耕的农田里，头枕着大块坷垃对天抽烟呢！这样精彩的掌故，发生在与草木同腐的六舅身上，入不了渔樵闲话，成不了名人轶事，这一摔太可惜、太冤枉了！

那时六舅是个大忙人，对外甥、外甥女从来没有工夫正眼瞧一下。　我不知道他住在哪里，但我认为我了解他，他是外祖母家的堂吉诃德。

我那五姨嫁给卞庄的王家，卞庄在兰陵之北五十华里，附近有苍山，据说是安期生得道的地方。卞庄王氏大都是王览的后人，兰陵王氏与琅琊王氏叙了谱，同出一源，不通婚媾。日军的攻击路线是自北而南，卞庄比兰陵更接近战场，所以五姨丈也把五姨和他们的女儿送到南桥来，以减少内顾之忧。

外祖母有三个女儿，以五姨最是聪明漂亮，五姨把这两大优点都遗传给女儿，他们的独子兆之表兄一样也没捞着。

我和五姨见过几次面,和她的女公子是初会。母亲问五姨:"他们俩谁大?"意思是要确定称谓。五姨不考虑我们的出生年月,立刻对我说:"叫姐。"我喊了声二表姐。五姨又说:"一表三千里,也别表来表去了。"我连忙更正为"二姐"。五姨大喜,一再地夸奖我。

回想起来,五姨是"防微杜渐"。古来许多恋爱悲剧生于中表,这表哥表妹之亲的字样往往引人遐想,产生不良的暗示,同胞姊弟以下事上,恭敬严肃,教她老人家比较放心。五姨之敏捷周密,可见一斑。

我管她的儿子叫表哥,她倒没有任何意见。

我常想,"暮气沉沉"一语,准是为外祖母家这样的庭院创用的。青砖灰瓦盖成的高屋高楼四面围住灰色方砖铺好的天井,整天难得晒到阳光,白昼也给人黄昏的感觉。房屋的设计毫未考虑采光,偶然得到一些明亮又被紫檀木做的家具吮吸了。建造这样的家宅好像只是为了制造一片阴影,让自己在阴影中苍白地枯萎下去。

那时,外祖母家的房子已经很老旧了,砖墙有风化的现象,转角处线条已不甚垂直。造墙用的青砖本来颠扑不破,现在用两掌夹住一节高粱秆,像钻木取火那样往墙上钻,可以弄出一个个小圆洞来。好像这些用泥土烧成的青砖即将分解还原,好像一夜狂风就可以把这片房屋扬起,撒落在护城河里,在田塍上的牛蹄印里,在外祖母的眉毛和头发里。

而这时,来了云雀般的二姐。

一切马上不同了,好像这家宅凝固成坚厚的城堡。从窗外看,只要二姐站在窗里,那窗口就不再是一个黑洞,满窗亮着柔和的光。

每一间屋子都苏醒了,都恢复了对人世的感应,都有一组复杂的神经,而神经中枢就是二姐的卧房。

随着这神经一同悸动的,首先是风,后来是鸽子,满院鸽子从伤古悼今的凄怆中解脱出来,化为蓝天下的片片白云。

回想起来,年轻的生命对一个家庭是何等重要。

推而广之,对一个社团,对一座军营,对整个世界。

我的活动范围在西厢房,本是大舅父的书房,有满架的线装书,好一片大舅父科场奋战折戟沉沙的景象。我翻看那些没有图画的书,暗想,古人怎能读这样枯燥艰涩的东西终其一生!

有一天,我发现书桌上有一本不同的书,一本用白话写成的长篇小说,苏雪林的早期作品《棘心》。这本小说的故事并不曲折惊险,可是它写女子对抗大家庭的专制,淋漓痛快,看得我废寝忘餐。

大舅父命中注定看不到这本书,不知我的母亲看过没有,我要留着,有一天拿给母亲看。

两天以后,我的书桌上出现了《沈从文自传》。书很薄,读的时间短,想的时间长,依书中自序和编者的介绍,沈氏生长于偏僻贫瘠的农村,投军为文书上士,凭勤苦自修成为有名的作家,最后做了大学教授。这个先例,给笼中的我、黑暗贴在眼珠上的我很大的鼓舞。

这本书展现了一个广阔的世界,人可能有各种发展。恨大舅命中注定也看不到这本书。

又过了几天,二姐交给我巴金的《家》,我恍然大悟,《棘心》和《沈从文自传》也都是她送来的。她对新文学作品涉猎甚广,我崇拜她的渊博。那天我们谈了整整一个下午的新文学。

此后,二姐借给我鲁迅的《野草》、茅盾的《子夜》,以及郁达夫、赵景深等人的文集。

巴金的《家》,在当时和后来都极受推重,但我并不爱读这部有"现代红楼梦"之称的杰作,一如我那时不爱读《红楼梦》。在传统社会和大家庭压力下粉身碎骨的大舅父,当然没看到这本为他们鸣不平的书,也许他无须,他自己就在书中。

二姐提供的读物之中,有一本小说甚为奇特,它的作者虽非名家,我至今还觉得醍醐灌顶。

故事大意是,一个人矢志复仇。由于复仇是人生唯一的意义,生活不过是复仇的准备。他时时侦察敌人的举动,为了对付敌人而随时改变职业、嗜好、住所、朋友和生活习惯,完全失去自己。他甚至因此失去了家和健康。他耗尽一生,终于宿愿得偿,可是他也变成一个一事无成的老人,心性邪恶,气质鄙劣,不能过正常的生活。

这本书何以进入二姐的书单,是一个谜。回想起来,那时的流行思想是"为目的可以不择手段"、"有斗争才有进步"、"对敌人仁慈就是对同志残酷",忠恕之道难以成为文学主题,那本小说能够出版,堪称奇迹。它在我眼底昙花一现之后再无踪迹,想已速朽,我常以悼念的心情想起:夭折并不等于没有生存价值。

我开始梦想有一天做作家。

有一天,我问二姐:"要怎样才会成为一个作家?"

二姐说:"我得回去问我的老师。"她带来的书都是那位老师借给她的。

可是她不能回去,即使回去也找不到那位老师了,所以,我一直没能得到答案。做不到的事情,可以先在幻想中干起来。我梦见我写小说了,我的小说在《中学生》杂志上登出来了。

我告诉读者,少年爱上一个女孩,那女孩的智慧比少年高,高出很多。智力悬殊的人是难以相爱的,可是那聪明的女孩想,得到一个男孩的崇拜迷恋也不坏,她给他希望也给他失望,总是不让他绝望。他迷惑了,他觉得她太难了解了,他到野外去像无头苍蝇一样乱走,胸膛里滚来滚去只是同一个问题:女孩到底是什么样的人?他忽然来到河边,他目不转睛看那波浪旋涡,他想起曹雪芹的名言:"女孩是水做的。"是了,是了,他脱掉衣服,向急湍中跳去。

我好快乐好快乐,没有人知道作者是我。

我梦见我的书出版了。我对读者说,少年辞别了母亲,独自到很远很远的地方去,他一面走一面忍不住回头看母亲。母亲渐渐远了,少年快要望不见母亲了,母亲赶快登上高处,让少年继续看得见。就这样,母亲越爬越高,少年越走越远……

我好快乐好快乐，没有人知道作者是我。

我昼夜经营这不见天日的文章，脸色苍白，神思恍惚。一天，在饭桌上，外祖母注视着我，好久。

"把这两个孩子隔开，"外祖母对着空气说，"七岁寝不同席，八岁食不同器。"

母亲和五姨只是笑。

然后，二姐就像个仙女，转瞬失去踪影。

我这才去注意那一排垂柳。

外婆家靠近护城河，在村中的位置最西，护城河两岸都是柳树。

兰陵人爱种槐，过年贴对联总有"三槐世泽长"，跟北宋的王佑王旦拉关系。南桥人爱种柳，没人高攀陶渊明，只是图柳树长得快，长得漂亮。

水边的柳树，没几年就绿叶成阴、亭亭如盖了。所谓"十年树木风烟长"，也只有柳树当得起。

我在南桥住到那贫血的柳枝柔柔软软的好像能滴下翠来，一面吐叶一面抽长，开出淡紫的花穗。树是那么高大，柳条却那么细密，细叶小花像编辫子一样一路到底，旷放和纤巧都有了。凭你怎么看，百看不厌。

奇怪的是柳枝弯成穹顶，四周越垂越低，对大地流水一副情有独钟的样子，使你看了不知怎样感谢当初种树的人才好。

所有的树梢都向上拉拢关节，只知道世界上有个太阳，垂柳却深深眷顾着我，给我触手可及的嫩绿，使我觉得我的世界如此温柔。

即使是在雨天，我也从未觉得垂柳是"哭泣的树"。我只觉得它是"爱之伞"。

有一天，看见雨，我到柳下静坐，全身湿透，为的是永不忘记这些树。"爱之伞"往往并不能抵挡风雨，它只是使我们在风雨中的经验不朽。

柳树也有高峰手臂趋炎附势的，可是书本上说，那叫"杨"，下垂的才是柳。南桥西头护城河岸全是柳，全是朝着清流微波深情款款的垂柳。

我没能住到柳树结出那带着绒毛的果实来，我知道，那些果实会靠着风力漂泊游走，寻找安身立命之处，形成另一种景观。那时，老柳将非常无奈也非常无情地望着孩子们聚成盲流。偏是柳絮飞也不远，总是牵牵绊绊黏黏缠缠地流连，使老柳心硬心疼。

尽管柳絮年年飞到漫天满地，我可没听说更没看见哪颗种子落地发芽。好形象好品德好到某种程度，大概就不能遗传。

我见过乡人怎样繁殖柳树，他们用插枝法。据他们说，要得到垂柳，你得把柳枝倒过来插进地里。这么说，垂柳无种，靠后天环境扭曲。我一直想推翻这个说法，可是一直没办到。

从那时起，以后好多年，我每逢走到一个没有垂柳的地方，我就觉得那地方好空虚好寂寞。

那时，我还不知吾家已破，直到父亲带着魏家全家匆匆到来。

第六章 战神指路(一)

战史记载：一九三八年三月，日军矶谷师团沿津浦路南下，破临城、枣庄，东指峄县、向城、爱曲，志在临沂。同时，坂垣师团由胶州湾登陆，向西推进，与矶谷师团相呼应。

这是台儿庄会战的一部分。日军为了徐州，必须攻台儿庄，为了占领台儿庄，必须攻临沂。

当时临沂由庞炳勋驻守，张自忠率部增援，后来在安徽阜阳收容流亡学生的李仙洲参加了此役。两军血战，伤亡难计，国军部队的连长几乎都换了人。

连为战斗单位，连长纷纷伤亡，可见战斗之激烈。近在咫尺、有名有姓，一位老太太的儿子在张自忠将军部下担任班长，一个冲锋下来，连长阵亡，排长升为连长，这位班长奉命担任排长。又一个冲锋下来，新任连长阵亡，这位刚刚升上来的排长奉命代理连长。一日之内，连升三级，再一个冲锋，他也壮烈牺牲了，这回不用再派人当连长当排长了，全连官兵没剩下几个人。

我未能立刻记下、永远记住这位乡亲的名字，我没有养成这种良好的习惯。那时，政府也没有养成这种习惯，最爱说"无名英雄"。

那时，日本有世界第一流的陆军，坂垣师团又是日本陆军的精锐，却在这场战役中一再败退。

在那以步枪为主要武器的战场上，一个训练良好的步兵装子弹，举枪，瞄准，扣扳机，击发，子弹射中目标，一共需要十秒钟，而在这十秒钟内,对方另一个训练良好的士兵可以跃进五十公尺。

这就是说,如果在五十公尺以内,有两个敌兵同时向你冲过来,你只能射死其中一个,另一个冲上来,你只有和他拼刺刀。

可是,同时有十个敌兵冲过来,你怎么办?

所以,那时候就应该知道,"人海战术"是有用的。

大批难民拥到南桥,空气紧张起来。五姨丈全家到齐,父亲从兰陵匆匆赶到,带着魏家一家人。一连几天几夜谁也不敢上床睡觉,所有的人集合在客厅里倚着行李假寐,连鞋带都系好。静夜听自己的脉搏,感觉到前方在流血。

难民,在他第一天当难民的时候,一点也不像难民。仅仅换上一身旧衣服而已,依然很自信,幽默感也没有丧失。他们从最接近战场的地方来,有许多崭新的见闻,公众凝神倾听他们所说的每一句话,甚至每一个字,这时候,他们简直就是明星。

他们说,日本兵喜欢杀人。他们说,日本军队进了村子先控制水井,来到井口向下一看,井里藏着一个人。日本兵就毫不迟疑地朝井里放了两枪,那一井水全不要了。

日本兵为什么处处杀人,是一个他们解不开的谜。有人说,日本兵信一种邪教,要在生前杀多少人,阵亡以后才可以魂归故里。他们自己也不知道哪天会死,所以急急忙忙杀人凑数。

有一次,一队日兵进入村庄搜索,老百姓都逃走了,有个男人偏偏不逃,他用白纸红纸剪贴了一面日本国旗,朝日本兵挥来挥去。

日本兵毫不客气,给了他一颗子弹,望着他倒下去。

下面一个动作就更出乎人们意料之外了:那日本兵走到尸体旁边,从地上拾起那面简陋粗糙的太阳旗,恭恭敬敬地折叠起来。

一位老太太告诉我们,她在河北有个亲戚,糊里糊涂送了命。那人正在田里工作,抬头一看,前方远处公路上有一小队日军经过。本来谁也不碍谁的事,偏有一个日兵走出行列,朝着他跪下。

你可以想象他是如何惊愕,他简直不能相信这一跪跟他有任何关系。他从未听说过跪姿射击。只听得"八勾"一声,——当然,没法确定他到底听见了没有。

还有,日本兵对中国妇女的暴行。

日军在鲁南一带的作风似乎是,杀男人,不杀女人,对女人只是强奸。

在那还没看见日军的地方,流行着这样无可奈何的幽默:"日本日本,到哪里'日'到哪里!"

通常是,兽性大发的日本兵堵住房门,朝屋子里随意放一枪,这一枪纵然没把屋子震倒,却把屋子里妇道人家的胆震碎了。就在这女子丧失自主能力的时候,他们进入。

那时候,在鲁南战地,日本兵似乎并不搜劫财物,他们以奸杀见长。据说,他们如果私自藏有金银饰物,定要受到严厉的处罚。

杀人显然奉命行事,奸淫则是出于默许,劫财却悬为厉禁,奇怪的纪律。

那时,中国的新闻记者指控,日本兵连七十多岁的老妪都不饶,消息传到大后方,读者摇头晃脑。

写新闻的人太懒,没有交代清楚。鲁南小城小镇,日本军队还没到,居民闻风先逃光了,尤其是壮汉和年轻妇女,走得最早。

往往只剩下老年的妇女。她们体力不济,难以远行。她们穷苦,穷人胆子大。她们可能还有一个想法,你们家境比较好的人不是逃走了吗,你们家现在门户洞开,任人出入,你们只能带走必需的用品和一些细软,那剩下的家当只有任凭我挑肥拣瘦了。

这勾当,叫做"拾二水"。日本兵来了,"拾二水"的老太太自是首当其冲。

也许,报纸顾到穷苦妇女的尊严,把这一段删去了。

妇女逃难,偶尔也有脱不了身的时候,日本人有骑兵。

日军一向沿着交通线推进，行军时，为了军队的安全，常常派骑兵向两侧搜索。骑兵速度快，无意中追上难民。

这群难民总有好几百人，沿途拉成一条黑色的蜈蚣，一声"骑兵来了"，人人夺路，队形缩短扩大，人挤人结成疙瘩。

奔马飞沙走石，一分为二，对难民群两路包抄，截住去路。等到最前面的骑兵回转马头，切入人群，难民已是东倒西歪，妻离子散。

只见那比马低级的动物骑在马上，那比马高级的万物之灵匍匐在马蹄之间。

马横冲直撞。马向哪个家庭冲过去，哪个家庭就互不相顾了，然后，马向哪个女子冲过去，哪个女子就倒地瘫痪了。

然后，日本兵下马，昂昂然走来。……

就像这也是战场上的军事动作一样，没有失误，没有迟疑，没有浪费，在一瞬间准确完成。

就在这受蹂躏的人替他们争取来的一瞬间，其他难民逃得无影无踪。

这种事，报纸也没登过。好像是，嫌难民太窝囊太没有种了，不提也罢。

那一小撮日本骑兵怎么会有那么大的胆子？中国难民的人数超过他们十倍，他们竟敢当众卸装。

他们是在战备行军之中，何以竟敢放弃警戒，多作无益？他们哪来的这份自信和从容？

不对？不该如此顺利，不会如此简单，这教人太不甘心。

有一个传说比较圆满。一个小媳妇，当她被日本骑兵掀翻在地的时候，她仰脸望见湛湛青天，皇皇白日，忽然觉得羞愧难当。

本来日兵应该羞愧，可是日兵不知道羞愧，反而是她羞愧。

本来苍天应该羞愧，可是苍天不知道羞愧，反而是她羞愧。

她的羞愧也许是由于苟活瓦全、不能抵死拒贼吧？总之，她不能以这样的姿势坦然对天。

第六章 战神指路(一)

她伸手摸起身旁的一把伞，一把红色的阳伞。

她撑开伞，举高，遮脸。

那侵犯中国的日兵，当他决意在中国土地上侵犯一个中国女子的时候，先把马缰拴在自己的小腿上，这样可以放手行事，马也不至于任意游走。

那在日光下突然撑开的红伞惊了那匹马。受惊的马狂奔不停，把它的主人在阡陌间活活拖死。

你蹂躏中国的土地，现在土地反扑。

你仗着你的马横行，现在你的马背叛。

你看那女子，她突然无恙站起来，顶天立地。

这件事，报纸立刻登出来了，而且这一家登完另一家还要登，明年后年还有人引用。

整个情节令人战栗。尤其是，想那土地是怎样凶狠的、快意的、一丝一丝撕下敌人的肌肉，一口一口吮吸他的血，一寸一寸拆开他的骨骼。

想他的颈骨断了，一个分不出脸颊和后脑的圆球在地上滚来滚去。

那夜，我梦见那十几名骑兵都把缰绳拴在小腿上，他们的马又同时受惊逃逸了，我竟然也被一匹马拖着跑。大哭而醒，不敢说梦。

中国也有骑兵。一位退伍的老兵说，哪有这种事，这是外行人的空想，骑兵不需要把马拴在自己的腿肚子上，他的马训练有素，人马一致。他还说，即使需要找个地方拴马，那也拴在小媳妇的脖子上。

不会发生那样的事情。也就是说，某些人并未受到应得的处罚。

我们终于听到炮声。

炮声在西，我们立刻往东逃。炮声像号令一样，把这一方百姓全变成难民。满地是人，路太窄，踏着麦苗走。空中无月，还嫌前途不够黑，恨那几点星。

炮在后面"扑通扑通"响，不回头也感受到炮口的火光。每个人向自己心中的神祷告。母亲常常诵念耶稣的一句话："祈求上帝，教你们逃难的时候不要遇上冬天。"而现在是阳历三月。

那时候，人们常说："日本鬼子一条线，中央军一团乱，八路军一大片。"日本军队只沿着交通线推进，要躲开他们倒也容易，所以难民在炮声中仍然沉着。中央军重点防守，常常依战局变化仓促部署，人仰马翻。八路军则深入基层，组织民众。我们在战场边缘游走，中央军八路军都没碰着。

走着走着，满地黑压压的颜色淡了，不唯天光渐亮，人也越走越稀。各人有各人的判断，各人投奔各人的亲友，大地真大，悄悄地吸纳了这多出来的人口，不露声色。日出前但见一天云块向地平线外急奔，络绎不断，一如逃避追杀，而地面不见有风，景象诡异，令人好不忐忑。

我们离开大路，沿着一条小溪前行，两岸桃林，正值花季。我那时已读过《桃花源记》，比附的念头油然而兴。几棵桃花看起来很单薄，几十亩桃花就有声有势，俨然要改变世界。一直走进去，好像深入红云，越走越高，战乱忧患再也跟不进去。

林尽，果然有屋舍桑竹鸡犬，果然有男男女女问长问短，消息不少，倒不怎么惊慌。你们看见过鬼子没有？当然没有，不然，还有命？你们家房子给烧掉没有？谁知道，也许正在烧着呢。听说鬼子兵也有高个子，个子越高越凶恶，当真？问得津津有味。

村上的人都说，他们位置偏僻，这"耳朵眼儿胳肢窝儿"的地方，日本军队不来。一老者拿出一本地图给我们看，日本军队专用的地图，不知怎么有一本遗落了。老者说你们快走，日本人已经把这个村子画在地图上，他们早就算计在内了。

我抢过地图，打开一看，兰陵当然画在图上，兰陵四面的卫星村庄也画上，兰陵镇西的丘陵、镇南的小河沟也标出来。至于这个"耳朵眼儿胳肢窝儿"里的小村庄也赫然俱在，连这一座桃林也没漏掉，我从没见过这样详细的地图。

我越看越慌张，顿时觉得内衣内裤袜子鞋子全被人脱下来看过。传说前几年那些卖仁丹的郎中、卖东洋花布的货郎、牵着骆驼游走行医的蒙古大夫全是日本派出来的测绘员。这可怎么办。老者说，咱们这种小地方，十里以外就没人知道，这种地方是不能上地图的，如果小地方的地名也登在报上，也画在地图上，这地方就要遭殃了。这种小地方永远只能在"胳肢窝儿耳朵眼儿"里，是上不得台面的啊。

那是戴着毡帽、撕一段布束腰的老者，衣领衣袖全是油垢、牙齿熏黄的老者，叼着旱烟袋、吐着唾沫的老者。言之谆谆面对听者藐藐的老者。

青天四垂，虽然不见敌机，却好像上面有日本人的眼睛。桃林茂密，挡不断遮不住什么。

村子虽小，却有干干净净的礼拜堂。这教会的主持者跟兰陵教会有往还，跟南桥任家也沾些亲故。凭这层关系，我们才到这个村子上来。

教会给我们安排了住处。第二天就下起雨来，五姨说："逃难时固然不要遇见冬天，也最好别遇见雨天。"她庆幸这时我们不在路上。

第三天是作礼拜的日子，我们参加本村的聚会。他们请五姨主讲，五姨有布道的天才，在台上满面荣光，成了另外一个人。

五姨引用的经文都与逃难有关。依照《圣经》，耶稣再来之日，基督徒在世上的一切灾难都要结束，耶稣把他的信徒提升到宝座旁边，共享永久的幸福，但是，在这个好日子的前夕，却是灾难最多最重的时候，好像所有的灾难都把握最后的机会倾巢而至，好像灾难也知道来日无多，孤注一掷。

所以，灾难来了，不要怕，灾难不过是幸福的预告，灾难是一种喜讯，是耶稣提供的一项保证，灾难越严重，基督徒的胆子越大，和上帝的距离越近。那天，坐在这个小小的礼拜堂里的人似乎都很兴奋，我敢说他们有几分志得意满。

我本来就不觉得我在逃难。由兰陵到南桥,那是"摇到外婆桥"。由南桥东行,我家还能维持一辆"二把手",那是一种木制的独轮车,由魏家弟兄前后驾驶,车轮特大,把车座分成左右两个,母亲抱着弟弟坐在左边,妹妹坐在右边,妹妹腿底下放些面粉大米,准备沿途食用。

我们还有一头驴子。

还有这一溪桃花,一种太平岁月温柔旖旎的花,落下一瓣两瓣来贴在你手背上,悄悄呼唤你。

红玉拼成的花。红云剪成的花。少年气盛嫉妒心极重的花,自成千红,排斥万紫。从没见过也没听说桃林之中之旁有牡丹芍药。

桃花林外只是一望无际的麦苗,以它的青青作画布,来承受、衬托由天上倾下来的大批颜料。

从没听见有人把遍野桃花和漫天烽火联系起来。

直到第五天,雨歇。

连宵风雨,几乎洗尽铅华,这倾城倾国,也抵不过风云一变。

父亲和姨丈天天出去打听消息。姨丈决定往东走,因为南方就是台儿庄,父亲却要往南走,走到台儿庄以南去,因为陆军可能在连云港登陆。谁也不敢劝对方改变心意,各行其是。

外祖母和四姨也在这里。大舅母信赖她的娘家,六舅筹划打游击,都没有同行。现在决定五姨带着外祖母,我家带着四姨。

在患难中和我家相伴的,除了魏家,还有顾家,顾娘和我母亲是教会中结交的好友,他们穷苦,可是他们有个壮健的儿子,必须躲避。

现在是真正逃难,不宜再坐在车上,车子会给盗匪某种暗示和鼓励。于是在出发前卖掉那辆"二把手",售价很低,也算是对东道主的一种答谢。车上的行李由魏家老二挑着,粮食则放在驴背上。

清晨,在礼拜堂里作了祷告,分手上路。人数少了一半,顿时觉得孤单。走到中午,忽然有大批难民来和我们合流,似乎可以证明南行是对的，内心宽慰不少。可是，傍晚投宿又只剩下我们三家，那些不知从哪里来的人，又不知到哪里去了。我很忧郁，觉得他们遗弃了我们。

母亲是缠过小脚的人。她拄着一截竹竿，上身前倾，划船似地奔波，走得慢，但是不休息，常常在我们停下的时候越过我们，奋勇前进。

那时，弟弟的年龄是，指着地上的蚂蚁，满脸惊异，嘴里含着模糊不清的句子，等我答复。他一次大约只能走一里路。

但是，弟弟挣扎着不让老魏抱他。老魏对他不友善，他感觉得出来。小孩子不管多么小，都能分辨人的善意恶意，据说，连胎儿都能感应母亲的喜怒哀乐。这次逃难，一览无遗地暴露了我家的没落，根据当时的惯例，魏家不能不来帮助东家，但是，他如果开始考虑对我们是否值得这样做，也是人情之常。

于是，大部分时间由父亲抱着弟弟。父亲的体力并不强，沿途流汗喘气，露出另一种窘态。

妹妹的年龄是，刚刚可以和我吵架，走起路来不会输给我，但是常常坐在路旁喊累了。我的任务是专门盯住她，平心而论，我对她走走停停并没有反感，可以趁机会也休息一下，但魏老大就不免啧有烦言了。

回想起来，当时的情势真危险，一个在天地间无以自存的家庭，几枚在覆巢下滚动不停的卵。

一天中午，大地静得连飞鸟也没。只走得腿越来越软，屁股越来越重，只想坐下，尤其是，到了村头上，连驴子也表示应该歇歇。可是老魏说，不对，这村子好像是空的？

南方，忽然，机关枪响，回想起来是重机枪。重机枪是正规军才有的武器，通常用以射击远距离的目标，怎么在这地方这时候有人使用？父亲辛苦打听来的消息和他谨慎小心所作的决定都错了？

枪声好像向我们屁股上踢了一脚。转个弯，跟跄西行，一口气走到太阳偏西。这时又出现了大队人流,我们跟着大伙儿,人多了胆子壮,叫"群胆"。没人说话,个个低着头。

想攀谈几句也不可能。冷漠,但是有吸引力,我们像铁屑粘附在磁石上,脚不点地。可是在大队右侧,北方,又响了一枪,这一枪清脆轻细,回想起来是手枪。大队人马的呼吸急促起来,没人抬头看,也没人快跑。这才想到,难民群平时的速度就是它的最快速度了。

又是一枪。一个人飞奔而至,插进我们的队伍。这人一定不是难民,只见他一顶呢帽,一身短打,新袄新裤新鞋新袜,袖子卷上来,露白。回想起来,他就是某人枪击的目标,借难民隐蔽自己。

他看中了我们的驴子,小毛驴很瘦,很脏,一副不中用的样子,然而它是纵目所及唯一的驴子。他说:"老乡,驴子借给我骑一骑。"老魏一拳打在驴屁股上,喝道:"你看这驴,快要趴下了。"老魏的拳头又大又重,打得小毛驴后腿猛烈弯曲,真个几乎趴倒。

那人叹口气。"老乡,你何苦,一头驴子又能值多少钱!"回想起来,有恫吓的意味。不过他惊魂未定,语气软弱,无意坚持,匆匆忙忙向前赶去。

这件事,使父亲到了窑湾以后决定卖驴。

第七章 战神指路（二）

"一二三，到窑湾"，一首童谣使窑湾这小地方出了大名。

窑湾在江苏新沂，近前一看，也是一个寻常乡镇，没看见湾，也没看见窑。

虽然是漫天烽火，窑湾依然很安静，各人慢吞吞地过日子。所有的复杂来到这里都简化了，没人准备逃难。

这才像个桃源，可是没有桃林。

父亲带着我们来投奔他的老同学，我不知道他的名字，也始终没见到他本人，只记得他家房子很多，庭院深深，虽然一下子涌进来许多兵荒马乱，也不过涟漪荡漾，无碍那波平如镜。

主人把我们安置在客厅旁的东屋和南房里，单独给我在客厅里铺了一张床。客厅朝天井的那个墙用木棂代替了，透过那些格子往外看，院子里的景观像是一小块一小块拼凑成的，于是生出幻想来，那些格子可不可以拆开重拼呢，下面一丛青竹，顶着许多茶花……

这地方，好像我来过，我在这里隔着棂格看分割了的世界，却不知棂格的影子落在我身上，把我也分割了。不是现在，是很久以前，以前……

为我铺设的那张床，用剖开的藤条编成床面，藤下还有一层用棕绳织成的网托着，叫做"反棕铺藤"。

褥子，再加一条天蓝色的床单，四周绕着云纹。枕头，带荷叶边的枕头套子，里头装满了冲泡过又晒干了的茶叶。

客厅门外走廊尽头挂着一只竹篮,泡茶之前,先把茶壶里色香味俱已失去的茶叶倒在篮子里。用废茶装成枕头,据说可以醒脑清火。这是殷实的世家才办得到的事情,唯有他们才消耗这么多茶叶。

枕头、褥子、床单,散发出淡淡的香气,一种由清洁和干燥而生的香味,一种没有汗水没有油垢而生的清香。

这气味,我也很熟悉,我觉得既恍惚又真实。

然后,我躺在床上,云里絮里一般的床上。我听见燕子细碎的殷勤的童音,斜阳在对面屋脊上涂抹余晖,如梦如幻,如前生来世。然后,燕子飞进来,站在梁上,挺着肚皮。然后尾巴一翘,白色的粪便在屋梁上画下漏痕。

空梁落燕屎!

我想起来了,种种光景正是我从前的家。那时候,我或者尚在襁褓之中吧,旧家的浮光掠影还残存在我的某处。当我第一次读到名句"空梁落燕泥"时,我模模糊糊地想过,实情实景似乎不然,应该是"空梁落燕屎"。

恍惚间,无意中,我回到那已失去的家里。

我们在窑湾休息了好几天,同行的顾娘天天出去讨饭。自出发逃难以来,我母亲筹办全体的伙食,顾娘和他儿子一起吃大锅饭。可是顾娘说:"我是难民,难民讨饭不丢人。"她的用意是为我们节省开支。

我在一旁怦怦心动,暗想:"我能去吗?我也去好不好?"

那年代,我见过很多少年乞丐,从很远的地方来,向很远的地方漂去,并不惧怕,好像也没有忧愁。有些乞丐叫"响丐",吹着乐器游走,有一种自得的神色。

那年代,人心也还柔软,老太太们还有一星半点从儿子身上剩余的慈爱。少年乞丐的生活并不艰难,似乎还很浪漫,千山万水收藏秘密也留下秘密,使我们羡慕和好奇。

每逢过年,母亲必定特别蒸一笼特别的馒头,用它打发乞丐。这种馒头用白面做成,外面包一层高粱面,看来粗糙,可是一口咬下去便不同。

千真万确,长辈们对乞丐的脸色比对我们的脸色要好看一些。外面的天地也比四合院里的天井要宽阔些、光明些。

那时不知有多少篇小说描写青年是如何苦闷,左冲右突之后终于一走了之。这些小说即使写得不好,最后一走总是教人悠然神往,他走了,八成是做乞丐去了!

那时,"反对共产共妻"的大字标语出现不久,跟着一句"反对共产党诱骗青年脱离家庭"。诱骗青年脱离家庭?有这种事?为什么从来没有碰见?

像《我的志愿》这样的题目,永远永远也不会在作文课堂上绝迹的吧,可是,在那年代,这个题目还真教人难以落笔呢。有人写他要做文天祥,有人写他要做戚继光,有人写他要做齐天大圣。

有一个人写他要做乞丐!

这还了得!

那时,陶行知等人"劳工神圣、双手万能"的主张盛行,编选国语课本的人颇受影响,选了一些讴歌劳动的文章。有一天,我在家中温习功课,高声朗诵:

> 早打铁,晚打铁,
> 打把镰刀送哥哥。
> 哥哥留我歇一歇,
> 嫂嫂留我歇一歇,
> 我不歇,
> 我要回家去打铁。

凑巧一位亲族中的长辈来串门子,他对我厉声喝道:"有那么多的事情你不干,偏偏要打铁!你太没有出息了!"

打铁都不行,还想做乞丐?

那位教作文的老师自认为了解儿童心理，倒是给那篇文章许多双圈，每一排圈圈是一场风波，一阵口舌。

现在，我真要做乞丐去了，父亲母亲都不反对，日本鬼子给了我特准行乞的执照。

乞丐也不是赤手空拳可以做的，他必须有两样东西：一根打狗棒，乡人称之为要饭棍；一个随身包，乡人称之为要饭包。

乞丐的随身包，多半用旧席改造而成，也叫席篓子。如果乞丐把篓子点着了烤火，那是只贪享用不计后果，这就是"烧包"一词的内涵。

我的打狗棒不是一根光溜溜的棍子。顾娘特地砍下一棵荆棘，修理成伞形的防御武器。我这个小乞丐，除了衣着不符，手持的独门兵刃也很怪异。

大家一同出发。窑湾真可爱，家家的大门都虚掩着，一推就开。我先把荆棘伞伸进去。狗狂叫，跳得很高。

走出来一个小伙子。"什么人？"

回答是："要饭的！"

他转身入内，叫喊："爹，他说他是要饭的！"

他爹出来了，打量我，向厨房走去。

他拿了一张热腾腾的煎饼出来。毫无疑问，刚从鏊子上揭下来，折成四开。厨房里正在烙煎饼，用小麦、黄豆、玉蜀黍混合磨糊。

这是很大方的施舍。通常打发乞丐，只给一小片冷煎饼，两三天前的剩余。我没有要饭包，只好捧着这张煎饼急步回家。我知道掺了玉蜀黍的煎饼最好趁热吃，现在它最香最酥，冷了以后就满口渣滓。

我急忙献上我的所得。我此生第一次凭自己的能力报效家庭。

我认为现在可以吃了。我只想着吃玉蜀黍煎饼必须趁热。可是父亲说："等一等，出去把你的弟弟妹妹找回来。"

等三个人聚齐了，煎饼还没冷。父亲下令弟弟妹妹先动手，然后三人一同大嚼。

父亲不吃,他只说话。他说:"也许有一天,你得带着弟弟妹妹讨饭。那时,你要记住,若是讨到好吃的东西,一定要让他俩先吃。"

第二天,顾娘趁着人家都在吃早饭的时候出发,她说人在吃早饭的时候心肠最软。她不肯再带我同行。昨天晚上,魏家老大对她表示,我去讨饭,他的自尊心很受打击。

没关系,我自己也可以去。

我碰上一只恶犬,缠斗了很久还不见主人出来。今天的运气没有昨天好。我年纪小,又没有经验,可是狼牙伞真管用,到底人为万物之灵。

背后有人说:"你闪开。"我侧身后退一步,让一个真正的乞丐出面。只见那人把手中一根东歪西扭骨节倨僵的枣枝伸出去,一直伸到狗前面,朝地上点了两下,那狗就低低地呜咽一声,低着头向后退去。

那乞丐很脏,做乞丐哪能不脏?可是他露了这一手,我马上觉得他不脏了。他大约有五十岁了吧,那年代,五十岁的人算是老人,可是他露了这一手,我马上觉得他不老。

我问:你教我好不好?

他不答,腋下夹起打狗棒就走,我在后头跟着。

你想学?

当然。

你得拜我做师父。

当然。

做了我的徒弟,就得跟着我走。

这个当然不行。我只是想学会了你的打狗法,每天可以多讨些吃的,带回家去。

他笑了,想学本事,哪有这么容易?

一个有本事的人怎么会做乞丐?

他说,世上有一种人,他做乞丐,正因为他有本事。他说,他的师祖，本来在皇宫里保护皇帝，顺便教导一批太监习武。自然，那是很久很久以前的事了。老皇帝驾崩，他们奉遗命效忠小皇帝，那也是很久很久以前的事了。……

他说，小皇帝毕竟太小了，朝中奸臣乱政，叛贼夺权，发生惊天动地的政变。一场大火焚毁了宫殿，幼主下落不明。他的师祖带着那批学武的太监逃出宫外，师祖说，改朝换代是无法挽回的了，但是，咱们谁也不投降。师祖说，既然连当朝皇帝都不配做我们的老板，世上还有谁能做我们的老板？从今以后我们不侍候任何人，不受任何人的管辖，不接受任何人的俸禄，我们不服王法，我们的名字不在户口。

那么，我们做乞丐吧。

我们一面做乞丐，一面舒散亡国之痛吧。

我们一面流浪行乞，一面挨家挨户寻找幼主吧。

我大吃一惊。

这是一个乞丐的故事。我怎么爱上这个故事了呢？

这是一些消沉遁世的人，我怎么反而景仰那些人呢？

这时候，如果有人拿《我的志愿》做题目，要我作文，我写的也是《做乞丐》。

我比现在年纪更小的时候，曾经拉住长辈的衣襟问："为什么有人做乞丐呢？"

那长辈仰着脸回答："有人天生是做乞丐的命。"

我也是做乞丐的命吗？要不，怎么搞的呢！

父亲说，该卖驴啦。母亲说，不能卖给屠户。

经纪来了，左看右看。主人有两个马棚，里头拴着骡马，也有驴子。我们这头驴禁不起同类异类踢咬，单独拴在棚外。

我们这头驴真瘦，背脊上的毛快磨光了，肚子上的毛比较长，就胡乱打结。

经纪说，年头不平静，买牲口的人家比较少，还是卖给屠户吧。

如果卖给屠户,这头驴就要变成酱肉。母亲说,只要不是屠户,由你出价。

经纪说,卖给屠户,这驴值五块钱,卖给种田的只值四块。

四块就四块,有个盐贩子要买。驴驮盐,农种园,世上最辛苦的两件事。母亲心疼起来,要求再换主顾,情愿减价。

经纪有些不耐烦,不过到底是生意人,又带了个卖面粉的来。驴进了面粉店一定昼夜拉磨,活儿也不轻。经纪说,人家买驴当然是为了要驴出力,哪有买个驴子养着玩儿的?

说得也是。

我们这头驴子真听使唤,是一头老老实实的驴。驴也有玩世不恭的,也有趋炎附势的,你在前头牵它,它后退,你到后面赶它,它一路小跑害得你气喘吁吁地追。你要它驮东西,它躺在地上打滚。

你若气极了,拿藤条抽它的屁股,它立刻连屎带尿一大堆,又骚又臭,好像,你对我不客气,我也对你不客气。

俗语说某人属驴,不打不屙屎。

卖给磨面的了,三块钱。

驴子一点精神也没有,自离家逃难以来,它没好好地吃过一顿草料。它的嘴唇极薄,据说注定命苦。眼睛很大,可是没眼神,几乎像个瞎子。腿也太细了,真担心不知什么时候不知哪条腿会断成两截。

它实在是一头温驯的驴。可是,单凭温驯就能安身吗?

它也没把握,跟在新主人后面走,回头看了一眼。

这一回顾,母亲的眼泪掉下来一大串。

主人的儿子真体面,前卫中锋的身材,大一大二的年龄,四月五月的脸。

瞧他这身装扮:白色球鞋、机器织的线袜子、西装裤、哔叽夹袍,襟上插一支金星钢笔。衣服都是新的,居家亦如作客。

客厅右侧一道墙,中间开了个月门,其实并没设门板,一个正圆形的洞，周围用砖砌了花边。

这家的少主人跨过月门，来到客厅前的天井里，正要往外走。一双脚，穿着天蓝色缎面的鞋子，鞋面上绣花，从里面追出来。

"喂！喂！"女郎压低了嗓子。

就这么把他喊回去，两人站在月门里头靠近一丛青竹说话。竹子是栽在一个很大的瓷缸里，那种又粗糙又结实的陶器，也许不该叫瓷。

在自家院子里植竹，都得用这种缸，要不，竹笋跑得快，不知什么时候从邻家院子里冒出来，或者从自家花圃里往上钻，一大片，很麻烦。

现在，竹子旺盛的生机郁结在大瓷缸里。男女两个人都用一只手扶着缸沿，一个在缸的左边，一个站在缸的右边，缸很大，可是有缸沿做红线，一头一个牵着。

顾娘说，女郎手上戴着刚订婚的钻石戒指。

顾娘说，少主人是女郎的未婚夫。

虽然已经订婚，而且显然受新式教育，女郎仍有些"奴为出来难"的样子。见这么一面好像不是很寻常的事。

顾娘说："娇生惯养的，好漂亮哟！"

女郎拭泪。果然不寻常。可是家里没有人走过来问问瞧瞧，这不寻常的事又好像在意料之中，而且乐于任其发展。

顾娘说，男孩要去从军抗战，女孩跑来劝阻，劝了两三天了。

两个人就在委屈求活的竹丛旁边站着，手扶着冰冷坚硬的缸沿，很久。

好像劝不醒。

这里仍然不是世外桃源。

为了以后的行程，昨晚有一阵小小的辩论。

父亲决定继续南行，可是魏家老大说，往南是徐州府地面了，徐州哪能不打仗？

第七章 战神指路（二）

老魏认为应该往北走，"日本鬼子一条线，"躲着这条线走，走到兰陵附近看动静，兰陵是故土，离兰陵不能太远太久。

无奈我们这一家，三个孩子，一个缠足的妇女，一个书生，零零落落，没有快速行动的能力，不够资格跟日军捉迷藏，只有找一个地方住下，藏起来。那时日本军队不侵犯外国教会，宿迁有个大教堂，是美国长老会的财产，可以容身。

老魏认为他一家人不需要教会保护，而且教会也不一定安全。

彼此商量了，魏家老二挑着行李送我们南下，只限必需的东西，那带不完的由老大挑着回家保存。

愿意到宿迁去的人，除了我家，还有四姨和顾娘，都是基督徒。大家祷告，上路，人数少了一半，有些冷清孤单。

窑湾和宿迁之间隔着骆马湖——我一度以为是"落马湖"。虽说是湖，并没有水，只见天地茫茫方圆一百五十里的一片大洼。

一百五十里的圆周，其直径约为五十里。不幸骆马湖形如一条南北竖立的番薯，我们的路线是自北而南穿过，湖中无处打尖投宿，这天我们只有拼命地走。

魏家老二挑着行李，走在前面。挑东西要用扁担，扁担有弹性，上下忽闪忽闪地飞。这一上一下的功夫，挑担的人迈出一步，两者节奏必须互相配合，他不能慢，慢不了。他只有走一段歇一段，等我们赶上。

这一次，母亲展示了小脚的痛苦。凡小脚都是脚背弓起，脚趾压断、折叠，只剩大趾伸在前面。小脚的人走路只能用脚跟着地，平时重心后移，摇摇摆摆，现在母亲拄着竹杖，弯腰探身，一如面对七级强风。

在故乡，母亲是天足运动的先驱者之一，她曾经遍告亲友，古今多少缠足的女子在逃难途中遭人掳去，因为她逃不快。她说，逃难的时候，别人可以踏着冰过河，小脚女子会踩出冰窟窿来，陷下去。别人可以拖泥带水过沼泽，小脚女子会两腿插在水里泥里，动弹不得。即使路上没有泥水,小脚也会把脚脖子走断了。亲友的反应是掩口暗笑:为什么不想些称心如意的事,偏要假设自己逃难?这些亲友,此刻不知哪里去了?

骆马湖,上帝用他特大的汤匙,朝地表轻轻舀走一勺。他舀去了村庄、树林、岩石,连麻雀、野兔也没留下。

方向感完全失去,头顶上有太阳,靠太阳指路。

地表在这里偷偷地凹下去,走路的人并不觉得倾斜。可是走到中午,地平线近了,天空小了,好像有人收紧袋口的绳子。

想起碗里的苍蝇。苍蝇喜欢饭碗,即使是洗干净了的碗,苍蝇也爱落下来散散步。它只在碗口边沿爬行,从不深入碗底。有时候,苍蝇也想探险,爬到离开碗口一寸左右的地方,立刻飞出碗外。它要躲避想象中的灾难。凹度使它恐惧。

在骆马湖里,我们也有这种恐惧,身陷绝境的恐惧。

妹妹哭了,说她走不动了,我从背后推着她走一段,顾娘抱着她走一段。

我问宿迁还有多远,魏家老二说:"快了!快了!"

父亲一直抱着弟弟,我见他嘴歪了,帽子掉了,衣襟开了,鼻孔流出清水来,他把弟弟放在地上,喘气。

弟弟看见母亲,迎上去,想扑在母亲身上,可是母亲不能改变姿势,不能改变步伐,不能改变她脸上拉直了的肌肉,像个忍受酷刑的人一样不能有别的感觉。她目不转瞬往前走,那一刻,我十分十分担心她的脚脖子。

我又问什么时候才走到宿迁,魏家老二说:"快了!快了!"

后来,我也走不动了。回想起来,我们一家那时开始有连根拔起的憔悴。

宿迁还远。那时,我就该知道,"快了快了"就是"很久很久"的另一说法。

走着走着,地势渐高,太阳偏西,我们的影子很长很长,使我忽然以为我们是迎神赛会踩着高跷的巨灵。我从未料到我造成这么大的影响,我知道这是骆马湖显现的奇迹,在村落参差分布的地带,我们不可能有这么长的影子。

我们本来累极了,一个累极了的人,会忽然不累了,精力不知从哪里涌进来,生命在反扑。首先是母亲忽然昂扬,顺利走完全程,事后,她说,这是主赐给她力量。

终于,我们看见鸦阵了。

我们看见树木了。

然后有房屋市街。

终于,我听见一群孩子高唱:"一二三,到宿迁。"

宿迁长老会关大门,门板很厚,用手掌拍打几乎发不出声音。

门开了,弟弟跨不进去,这才发现门限很高。

执事登记了我们的名字,把我们安置在教堂旁的屋子里。教会的建筑大概都是:巍峨严肃的教堂,旁边一排谦卑的小屋,外缘是高高的围墙。

啊呀一声,个个倒在地上,没有伸腿弯腿的力气。这才知道刚才"忽然不累"正是最累的时候。

只有弟弟不累,一心想到院子里玩。我们很恐慌,生怕他走出小屋之后就不见了。

父亲最紧张,春暖的天气,全身出汗湿透了夹袍,因为累,也因为怕。他说,在骆马湖里,只要一个强盗,他手里有一支枪,我们全体束手无策。

父亲一向想得多,他把我叫到身旁。

"我们在逃难,日本鬼子在追我们。"这个,我知道。

父亲讲邓攸逃难的故事。

晋代的邓伯道和邓伯俭,是亲兄弟。两人都只有一个儿子,他们的儿子都很小。

石勒造反，邓伯道带着儿子和侄子逃难，途中，两个孩子都走不动了，伯道说，我背着侄子逃吧，把自己的孩子丢弃了吧，我以后还可以再生一个。如果把侄子丢掉，哥哥一支就绝后了。

父亲问："如果，我是说如果，没有爸爸，没有妈妈，只有你，你带着两个孩子逃难，一个是弟弟，一个是你自己的儿子。你只能抱着一个孩子逃，那时，你抱哪一个？"

他把我问糊涂了，两个念头在我的头脑纠缠不清：第一，我怎么会有儿子？第二，如果我有儿子，弟弟一定长成大人了，怎么还会要我抱着走路？

我只顾做这道算术题，答不出话来。父亲又气又急，认为我的沉默就是对弟弟不负责任，他劈脸给了我一耳光。

恰巧教会执事一步跨进来，他愕然。

"你们到底是不是基督徒？怎么打孩子？"

这一问，非常严重，倘若他认为我们假冒，就要拒绝收容。

因此，对我的责任问题，父亲没有追究下去。

第八章 战争的教训

我不记得在宿迁住了多久。宿迁宿迁，到底几宿而后迁？

只记得进了宿迁教会之后倒地便睡，足足睡了两天，偶然起来喝点水。

这两天，简直是神仙了，不用再支持自己的体重，不再抵抗地心引力，由颈部到脚趾的肌肉关节都放了假，这几尺干净土，就是大同世界、人间天上。难怪俗语说："好吃不过饺子，舒服不过倒着。"想那庄稼汉在一天胼手胝足之后，突然躺下来庆祝释放，才发明了那两句格言吧。

谁知盘中餐，粒粒皆辛苦！如今转了个弯儿，让我知道。

这是头两天。

母亲最爱《马太福音》，说《马太福音》是四福音里的压卷之作。

她对我说："来，你是住在神的家里，要天天读一段《圣经》。"她教我读《马太福音》第五章：

> 你们是世上的盐，盐若失了味，怎能叫它再咸呢，以后无用，不过是丢在外面，被人践踏了。你们是世上的光，城造在山上，是不能隐藏的。人点灯，不放在斗底下，是放在灯台上，就照亮一家的人。你们的光也当这样照在人前，叫他们看见你的好行为。

忽然，警报，空袭警报中的预备警报，日本飞机要来。

那时，小地方发布空袭警报是派人沿街敲锣，大地方如宿迁城，是由臂力强健的人摇一个类似辘轳的东西,"辘轳"转动达到某一速度,发出电来,警报器就呜呜地响起来。

除了入耳惊心的警报器,还有触目惊心的警报球,一个球代表预备警报,两个球代表紧急警报,三个球代表解除警报。

听见预备警报响,我跑到大门外向天空张望,没看见球,只见大人怒气冲冲把我拖进去。

教会有许多人口,大家慌忙进了教堂,他们是把这个高大宽敞的建筑当做防空洞了。可是防空洞应该在地下。"城造在山上,是不能隐藏的",大教堂的目标太暴露太突出了。城造在山上不一定就好。

躲警报的人进了教堂就跪下祷告。祷告完了,敌人的飞机并没有来,空袭警报也没有响。大家再祷告。天空依然很安静,有些人就回家去了。

大教堂讲坛后面有一个夹层,颇似戏院的后台,有梯子可以爬高。我没回家,偷偷地往上爬,从玻璃窗看见了屋顶。想不到,大教堂的屋顶是洋铁皮铺成的,他们用整个屋顶漆了一面美国国旗,日光直射之下很鲜艳。距离太近了,几乎盖到我脸上,花花绿绿,令我眩晕。

这面国旗想必是给日本飞机的轰炸员看的,他一定看得见。城还是可以造在山上。

这是第三天。

第四天,我们读《马太福音》第六章:

不要为自己积攒财宝在地上,地上有虫子咬,能锈坏,也有贼挖窟窿来偷。要积攒财宝在天上,天上没有虫子咬,不能锈坏,也没有贼挖窟窿来偷。因为你的财宝在那里,你的心也在那里。

这天下午,一队中学生沿街募捐,穿着明盔亮甲的制服,洋号洋鼓,是一支小小的乐队。他们进了教会,列出队形,惊天动地吹打起来。

许多人跑出来看,别人看乐队,执事看捐款箱,一个很大的木箱,要两个学生抬着走。箱口郑重地加了锁,贴了封条,还有标语:"打倒日本帝国主义。"执事的样子有些为难。

他说:"我们这里是教会。"那时候,教会在表面上中立。他说这句话,脸先红了,我在旁边也有些羞愧。

领队的是个女生,面圆腰肥,但是很机灵,对当时的国际局势也了解,她马上指一指观众:"我来找他们。"

"可是这里是教会。"执事又说。

"我们只唱一支歌。"女生说着,做出指挥的姿势。那时抗战歌曲不多,他们唱的是:

只有铁,只有血,
只有铁血可以救中国。
还我山河誓把倭奴灭,
醒我国魂誓把奇耻雪。
风凄凄,雨切切,
洪水祸东南,猛兽噬东北,
忍不住心头火,
抵不住心头热。
起兮!起兮!
大家团结,努力杀贼!

这歌在当时流行,乐队一开头,院子里的人都跟着唱起来。唱完,乐队指挥趁势喊道:"各位,抗战的,爱国的,相信天理的,都到大门外来捐钱!"

她的手向大门一挥,满院子男女老少像秋风扫叶一样拥到大门外去,然后乐队抬着捐款箱退出,在巷子里用洋箫洋号吹奏"起来,不愿做奴隶的人们"。洋鼓打着拍子。在教会门外,大家纷纷掏出钱来,朝大木箱的小孔里投下去。

包括那位执事在内。

然后,乐队整队,领队三指并拢向大家行了童子军礼。乐队改奏进行曲,抬着捐款箱离开。没有收据,那时街头游募多半没有收据,仿佛那箱子就是国家。

《马太福音》第六章说:

> 不要为生命忧虑吃什么喝什么,为身体忧虑穿什么。生命不胜于饮食吗?你们看那天上的飞鸟,也不种、也不收、也不积蓄在仓里,你们的天父尚且养活他。你们不比鸟贵重得多吗?……你们要先求他的国和他的义,这些东西都要加给你们了。

这是第五天,我读经的时候心不在焉,忘不了昨天的乐队,踩着进行曲,从这个幽静的巷子里像神仙一样走出去。

我一向生长在乡下,宿迁是我到过的第一个城市。它的人口比兰陵多十几倍。这些人为什么要挤在一起呢,他们过的是什么样的生活呢,这么多的人家里是不是藏着一些乡下没有的事物呢。

虽然有禁令,我仍然忍不住想跑出去看看。教会的大门整天从里面闩着,如果有人开门出去,得有另一个跟在后面替他把门闩好。有时候,出门的人找不到这样一个助手,大门就在他走后虚掩着,这时,任何人都可以自由出入。

我出了门,朝昨天乐队游募的方向走去,一直走,不转弯,我不能转弯,一转弯就迷路了。只要直着向前走,自然可以直着走回来。

走过无数阴暗寂静的住宅,忽然看见阳光明亮的街道,满街都是军人。战场边缘,他们都不佩阶级符号,分不清官兵,老百姓一律称之为"老总"。老总是清末千总把总的简称,泛指下级军官。用以称呼士兵,自是"礼多人不怪"了。

看样子,这些"老总"是出来逛街的。也许他们刚从别的地方开到宿迁来,像我一样,对这个城市有些好奇。他们刚刚换上短袖的单衣,左袖外缘绣着"扬开"两个字。新军服的布料很好,字也绣得端正工整。

他们也许不是出来逛街,而是忙里偷闲买一点日用品吧。我站在一家杂货店门外看他们,一位老总进店买肥皂,他东摸摸,西看看,最后满把抓起几块肥皂朝着一扬:"我给过钱了!"

我看见他并没有给钱。店东的儿子想纠正他,可是店东点了点头。

老总还不放心,郑重加强语气:"给过钱了!"那时军纪森严,无故拿走老百姓的东西是要枪毙的,必须货主明确地表示认可。

店东说:"好,没错。"老总这才把肥皂塞进裤袋里,心满意足地走出去。

小店东一脸的不服气,他的父亲开导他:"你没听说过吗,当兵的人死了还没埋,挖煤的人埋了还没死。他今天还在,明天就难保。中国人正在跟日本的坦克大炮拼,台儿庄一天死一千两千。你这几块肥皂算什么,你到他坟上烧一刀纸也比肥皂钱多。"

在宿迁的第六天,母亲教我读《马太福音》第十八章:

> 这世界有祸了,因为将人绊倒。绊倒人的事是免不了的,但那绊倒的人有祸了。倘若你一只手或一只脚叫你跌倒,你就砍下来丢掉,你缺一只手或是一只脚进入永生,强如有两手两脚被丢在永火里。倘若你一只眼叫你跌倒,就把它剜出来丢掉,你只有一只眼进入永生,强如有两只眼进入地狱。

我悄悄地溜出来。这次我换了个方向,背着太阳,我想是向东。胆子练大了,敢不停地走。

终于找到乡下没有的东西,一间小小的戏院。叫它戏院未免太小,叫说书的场子又太大了。门口没人收票,尽管走,走进去,坐下,小女孩来倒茶,这才收钱。小孩子不占座位,站在后头没人管。军人进去,坐下,不花钱,也没人来倒茶。

舞台很小,坐着个穿长衫戴礼帽的,操一把胡琴。后台有几个女孩子,她们轮流出来唱京戏,一段一段地唱,不化妆,也没做工。这些女孩子个个穿旗袍,领子高,低头鞠躬都困难,却又没有袖子,整条胳臂露出来。下摆扫到脚面,似乎很保守,两旁偏偏开衩开到腰部,盖不住大腿。在那时，这是很性感的服装。

　　回想起来，我对她们唱的戏全没留下印象。最令我难忘的是，军人和老百姓自然分座，这一边喝茶，吃瓜子，用热毛巾擦脸，那一边枯坐静听，目不斜视。碰上哪个女孩子唱得中听，顾客可以特别开赏，女侍捧起盘子在旁边接着，当啷一块银元丢进去，吓人一跳。女郎唱完了，走下台来，站在那出手赏钱的人身边，低声说一句谢谢，再回后台。出钱的人很神气，坐在他周围的人都好像沾了光。这一幕总算是个小小的高潮，可是那半壁军人个个如老僧入定，无动于衷。

　　这个小戏院也总算是个歌舞升平的地方了吧，我为什么心里觉得不安呢？而且非常之惴惴。是怕警报忽然响起来吗？是怕因私自外出而受到父亲的责罚吗？

　　我匆匆赶回，一路平安，家中也没有异状。可是仍然怀着不祥的预感。想了好久才理出头绪来，小戏院里的情景刺激了我。一个剧场，两种人生，这一半如何能面对那一半呢，他们怎么可以一同看戏呢？他们怎么一点也不怕呢？

　　据说，这是第六天。

　　以后的日子很模糊。也许是第七天吧，没有读经的功课，我整天都在打算怎么溜出去。毫无目的。总有些名胜古迹吧，也不知道去寻找。

　　如果这天下午我在外游荡，后事如何就很难想象了，幸而我始终没有得到机会。

　　午后，警报响了。我们都进了大教堂，教堂里的长凳子钉在水泥地上，搬不开，我们只好趴在凳子下面。

　　这回真的听见了俯冲投弹的声音，飞机忽然变了调，受了伤似地嚎叫，接着地动山摇。大教堂像个小舢板，尾巴往上一翘。

　　也听见高射炮声。炮弹和炸弹不同，地面不会震动。

　　那时，一架轰炸机在翅膀底下挂两颗炸弹，炸弹用黄色炸药制造，威力小，要摧毁一个城市，得出动好多批飞机，一拨一拨轮番轰炸。我们在教堂里，听见飞机来了，走了，炸弹轰轰地响，附近的房子稀里哗啦，沉寂了，可是轰炸没有完，还有下一拨。

两拨轰炸之间，那一段平静才教人觳觫。你只知道逃过一劫，不知道是否逃得过下一劫。一根细丝把宝剑吊在你头顶上。我是什么感觉也没有了，活着和已死没有多大分别。

警报解除，走出教堂，看见日色金黄。这次轰炸由午饭后炸到晚饭前，够狠。

这一炸，我是吓破了胆，再也不敢走出大门一步。以后几年，我只要听见汽车马达声，立刻魂飞魄散。

大轰炸后，日子过得浑沌，对日出日落全没有印象。

不能忘记的，是断断续续传进来的一些消息。

有些人失踪。一个警察说，空袭时，他正在街头值勤，敌机业已临空，犹见一人行走。依照规定，空袭警报发出后，行人一律就地止步，但是，如果行人存心取巧，对拦阻他的民防人员撒个谎，伸手向前随便一指，说"我的家就在前面"，可以越过封锁。

在那种情形下，为什么千方百计要在街上行走？不知道。那时代，人喜欢卖弄自己的小聪明犯规。

警察说，他无法制止那个行人，他自己业已卧倒隐蔽，只能注视那人，为他着急。只见地面裂开，射出火和尘土来，那行人从此踪影不见了。

那警察简直以为自己白昼见鬼。

有很多家庭要办丧事，丧家到处找棺材，找墓地。有人四出找一条人腿，他爸爸的腿。他爸爸死于轰炸，一条腿不见了，孝子希望找回来再入殓。

轰炸时，有两个棋迷正在下棋。房子左右都落了炸弹了，棋子飞走了，棋盘也飞走了，两个棋迷还望着歪斜了的桌子发呆。

警报解除后，两个棋迷又拾起棋子棋盘，回忆那盘没下完的棋，把残局摆好，一决胜负。谁料在这个时候房子忽然塌了！好像老天跟他们开玩笑。

这次宿迁炸死许多人。那死亡经过平淡无奇的，在死者家属吞声时就湮灭无闻了，能够传到教堂院子里来的，都有些曲折耸动。然后，再经过众人过滤，百中取一，进入街谈巷议，然后，千中取一，进入渔樵闲话。最后成为故事。

故事的存在和流传，已不是根据受难者的需要，甚至也不是抗战的需要，而是根据听众的兴会。不能仔细想，仔细想就会发现残酷。我在这里很残酷地记下几则故事，可以在茶余酒后流传的故事，而遗漏了千千万万摧心裂肺的家庭。

魏家老大忽然来了，我们有说不出的惊喜。

魏家和我们一同逃难，中途因意见不同分手。魏家两兄弟，老二送我们南下，老大带家人北上。我家的行李也因此分成两担，其中一担由老大挑着走，暂时保管。

老魏突然出现，使人感到劫后重逢的情味。他对于我们带着他的弟弟到宿迁来挨炸有些抱怨。他说，由他暂时保管的那一担行李，半路上被强盗劫走了，有一番惊险。虽然他的脸色沉重，他仍然是我们非常欢迎的客人。

老魏也带来两个好消息：台儿庄会战结束，兰陵成为后方，可以回家了；回家以后，魏家将择定吉期，为老二成婚。

动身离开宿迁，我才看见轰炸造成的瓦砾。每一片瓦砾，原都是这个家庭一代或几代的爱心和奋斗。碎瓦片是真正的废物，什么用处也没有，垃圾不如。经过了几天清理之后，瓦砾下不会再有尸体，也许有血，我看见狗在上面用鼻子探测。

一个一个家庭，不招谁，不惹谁，就这样毁了。飞行员大概从来没有机会看见他留下的弹坑，难怪他英俊潇洒，一尘不染。

瓦砾场并不是很多。大轰炸时，简直以为全世界都毁灭了，其实不然，宿迁只是像一张床单上洒了些墨水。我真希望能指给飞行员看，使他明白他的伎俩不过如此。

日上三竿，阳光逐渐强壮。宿迁，我有点舍不得离开，它是我面对世界的第一个窗口，使我看见人生多么复杂。

阳光下，一个一个宿迁人和我交臂而过，一脸前仆后继的悍然。

回程完全照老魏的意见行事，出宿迁，经东海，转赴郯城，到南桥。

这些地名从小就熟识，古时的东海郡，后来的海州，现在的江苏东海县。古时的郯国，郯子故里，曾子讲学处，"感天动地窦娥冤"的故事产地，现在的山东郯城县。

老魏带我们走小路，东海和郯城的县城全没看见。我只记得满眼的小麦。投宿是在小村庄的街巷露宿，大人轮流值夜，一路所到之处非常寂静，真空一般的寂静，若不是庄稼长得那么好，你真以为没有人烟。

归程十分从容，魏家兄弟俩轮流挑着行李走，不挑担子的那个就抱着弟弟。一路不断休息，母亲能赶得上大家。看来光景美好，只是大战后的寂静还有压力。

沿途休息的时候，老魏谈说家乡最近发生的事，他提到临沂的教会。

从三月十三日开始，国军和日军在临沂附近打了五十天，最后围城，攻城，巷战，双方抱在地上打滚。伤兵运不出去，全送进美国教会，临沂医院的医生护士也都跟了去。日本兵进了城，见人就杀。他们沿街敲门，趁里头的人开门的时候用刺刀刺死，大街两旁，几乎家家门框门限上有血。他们要教会把伤兵交出来，教会没答应。那些伤兵总不能老是在里头躲着呀，怎么个了局呢？

老魏也谈到峄县的教会。峄县县城在兰陵之西，只有五十里路。对兰陵影响重大的两个城市，一个是峄县，另一个才是临沂。

日军先到峄县，后到兰陵。峄县南关的教会收容了很多难民。有一个日本兵喝了酒,带着刺刀,来敲教会的大门。大门里头院子里坐满了难民,有个人站起来把门打开。日兵一刀把开门的人杀了,冲进去又杀死一个老头儿。他大喊"花姑娘的有",意思是要找妓女。院子里的人慌成一团,不敢回话,那日兵又顺手杀死一个老太太。那一院子难民里头当然有许多壮丁。他们看那日本兵杀了一个又一个,眼也红了,就到厨房里一人拿一根木柴,一拥而上,把那个小日本鬼儿乱棍打死。

这可不得了,日本人能罢休吗?

日本人到教会去调查过,最后承认是他们自己的错。

我松了一口气。可是老魏说:

教会只有巴掌大,能藏几个人,还得中国人不怕死,跟他拼,跟他干!

对于回家,我缺少心理准备。

兰陵城外有许多松柏,参天并立,排成方阵,远望很有几分森严。兰陵王氏在明末清初发迹,开始经营祖宗陵墓,这些松柏,就是古人的伞盖,这些松林,也象征祖宗的余荫。

战后归来,那些松柏全不见了,每一棵树都在齐腰的高度锯断,剩下一根一根木桩。锯树的人为了省力省事,没有坐在地上朝根下锯。战争来了,又走了,四乡的穷哥们儿紧紧踩着战争的背影,抢伐抢运,一夜之间就光景全非了。

松柏不流血,你杀了它它冒出来的是香气,事隔多日,还有松香附在尘土上逐人。

这种树林叫"老林",老林是神圣不可侵犯的,俗语说谁动了谁家老林的土,那表示谁对谁有不可解的怨恨。唉,唉,这些事情现在都发生了。

回到家,大门、二门、房门,所有的门框门板门限都没有了,窗也没有了,桌椅家具当然更没有了,总之,所有的木制品荡然无存,出入畅通，毫无关防，完全不像私人住宅，完全不像。

那时的房屋，门窗上端有一块横木，叫"楣"。照例使用极好的木料。起朱楼盖华屋叫"光大门楣"，人的气运衰败叫"倒楣"，可见"楣"之重要。现在，我家的每一处"楣"都没有了！看样子，有膂力强的人来，使用十字镐一类的工具，硬生生地破墙取去，所以，每一个门窗都成了一个大洞，四周围着犬齿形的砖块。

还有，院子。

院子里本来有一棵枣树，我曾在树下念诵："我家院子有两棵树，一棵是枣树，还有一棵也是枣树。"也曾透过萧瑟的固执的枣枝仰望奇怪而高的秋空。

院子里本来有两棵石榴，我曾在树旁学会了"五月榴花照眼明"，数一数几朵雄蕊几朵雌蕊，计算能结多少石榴。

战后归来，枣树没有了，石榴树也没有了，院子里的土被什么人翻过，好像准备在这里种菜。

那些人从四乡来，闯入有钱的人或者曾经有钱的人家中，检查室内室外每一寸土地。他们用一根木棒撞击地面，听那响声，如果有共鸣，咚咚似鼓，地下一定埋着一缸细软，马上动手挖。

通常，埋在室外院子里的东西体积很小，例如玻璃瓶里装几件首饰，得用另外一个方法检查，那就是学农夫翻土，翻到埋东西的地方，土的颜色不一样。如果院子很大，就把耕田用的牛和犁使上，小东西埋得浅，说不定犁刀过处它就跳出来。

我家的院子就像犁过的一样。我联想到成语"犁庭扫穴"……

那时，我就应该想到，阶级斗争完全是可能的。

当天早晨弟弟听说要回家，很兴奋。他虽小，对旧家必定也有些记忆吧，站在院子里，他一再问："这是什么地方？这是谁的家？"

母亲望着我："这一回，咱家可是穷了！"

然后，她奋然说："魏家老二结婚，我一定送一笔厚礼，厚得教别人没有话说！"

第九章　折腰大地

我家有五位姑姑。当我离家时，五姑还在家中，前面四位姑娘都已出嫁。

我对二姑三姑四姑没有任何印象。我不记得她们到我家来过，我也从未到她们家去过。她们也从未给我一块糖果或一个铜元。我根本不记得她们的长相，料想她们也不记得我。

只有大姑，留给我许多许多回忆。我们落荒逃难，在她家住过。

在我的老家兰陵之西，大约二十五华里，有一个村子叫楚头林——或作褚头林，或作锄头林，我不知道官方文书是怎么写法。大姑嫁给那里的赵家。

一九三八年，也就是民国二十七年四月，我们回乡察看了劫后的残破，就在大姑家暂住。那时兰陵的秩序尚未恢复，日军在兰陵之北的下庄安了据点，逐步向南发展，控制由潍县到台儿庄的公路。

当时楚头林的情势是"三管三不管"。三不管，是说日本人不管、共产党不管、国民党也不管；三管，是说共产党来了共产党管，国民党来了国民党管，日本人来了日本人管。我们在那里住了一年，国民党、共产党、日本人都没来过。这个地方仍然有人管，由赵家的二伯，也就是大姑丈的哥哥管。赵家是那里的首富，赵家的住宅是全村的精华，这位二表伯又是赵家"出乎其类、拔乎其萃"的人物。

二表伯的长相和他弟弟——我的姑父——不同，姑父胖、脸圆、皮肤白净，说起话来客客气气。二表伯黑脸膛，眼睛经常放射着戒备的光，看春花秋月阴晴雨雪都是一副不屑的神气。从那时起，我就发觉黑脸的人比较刚强。

二表伯常常独自坐在客厅里，坐在八仙桌旁的太师椅上，以凌厉的目光望着天井，忽然咳嗽一声，声音非常响亮，屋瓦屋椽跟着嗡嗡地响，这有个名堂，叫"客屋音"。他在咳嗽的时候，早把一口痰含在口中，用舌头玩弄一番，选定适当的时机，朝天井中吐出去，声音十分雄壮。回想起来，那距离怕有四五公尺，全部的痰和唾液化为一道白光，没有一星一点落在客厅里。

他是一个标准的乡村领袖，具有一切必备的修养，包括长射程地吐痰。像他这样一个人物，客厅里并不经常准备痰盂，如果椅子旁边摆着痰盂，人家会在背后议论，说什么气血衰败，家道恐怕要随之中落。

二表伯独坐时，你老远就可以听见他的声音。这时谁也不愿意穿过天井，只有我不懂得，冒冒失失闯进客厅。他指一指八仙桌另一边、也就是左首的太师椅说："坐！"我不得不坐。他吩咐听差的："给客倒茶！"原来我是客。茶来了，赶快喝，喝了赶快走，不喝怕他生气，喝了不走也怕他生气。

除了二表伯以外，另一个活跃的人物，是二伯的独子，我叫他表哥。回想起来，表哥那时不会超过二十岁，他已经结了婚，有了一个孩子。

我几乎没有见过表嫂，但是熟悉她的哭声。表哥表嫂的卧室和我们借住的屋子相连。半夜里，他们的孩子哭，拍也不行，摇也不行，奶头塞嘴也不行。以表哥的年纪，他正需要酣眠，实在受不了这样的骚扰，于是他捶床大骂。

孩子哭得更厉害，他就打。巴掌响过以后，小母亲和孩子一起哭，表哥命令她们滚出去。既而一想，她们无处可去，就改口说："你们都死了吧！"

第九章 折腰大地

孩子一哭，我母亲就醒了。等到表嫂哭泣，母亲披衣而起，她也知道不能做什么，就坐在床上看自己的女儿。妹妹和弟弟睡得很熟，什么也不知道。

有时，母亲以极低的声音说："太早了！都太早了！都还是孩子！"虽然是气音，夜里听得很清楚："为什么不去上学呢？现在要是他们都在学校里受教育，那有多好呢！"也许是自言自语，也许是说给我听："结婚太早了，太早了！一生都葬送了！"

表哥在白天出现的时候并没有那种令人沮丧的感觉，他是活泼而精力充沛的少爷。他的父亲轻易不出大门，他完全相反，整天村里村外走走看看，不知他要做什么，他的样子既像游荡又像巡逻。只要他说："来，跟着我！"我就跟在他后面走，他有些行动能吸引我。

有一次，一只狗远远跟着我们。他站定了，对我说："家里正在蒸包子，你去拿几个来。"包子拿来，他才解释："我想起一句话：肉包子打狗。"他对准那狗投过去一个包子。狗似乎知道那不是石头，并不躲开，反倒跳起来迎接。狗也有预感吗，怎么刹那间来了五六只，又争又抢，摆出自相残杀的决心。表哥把所有的包子都投过去也没能使它们缓和下来，你死我活的真吓人。

表哥以新实验推翻旧定理的那种得意对我说："看见了没有？肉包子打狗，狗咬狗。"

又一次，他说"跟着我"。一块儿来到池塘旁边，青蛙正鼓噪得厉害。我想起我读过的一篇文章，那作者告诉我，帝俄时代的贵族到庄园消夏，因蛙鼓喧闹不能安眠，命令佃户连夜守在池塘周围驱逐青蛙。

我把这件事告诉了表哥，他说："俄国人真笨，为什么不朝水里撒麦糠？"他向附近农户要了半筐麦糠，抓几把撒在池水里，青蛙咕噜几声，果然从此就沉默了。

表哥说，青蛙如果喊叫，麦糠就会刺它的喉咙。

我想这办法很有趣，只是不忍心教这么多青蛙喉咙痛。

那时，他的确是个孩子，一个有妻有子的孩子。

我已经失学很久很久了。

那年代,在家乡,官立的小学逐步淘汰了私人的学塾。战争发生了,小学停办了,私塾又东一个西一个成立起来。"塾"是大门里面两侧的房屋,俗称"耳房",犹如人之两耳,是四合房建筑最不重要的部分,学而称"塾",自有"小规模"、"非正式"的意思。

私塾授课,教的是《老残游记》所谓"三百千千",即《三字经》、《百家姓》、《千字文》、《千家诗》,外加写毛笔字,高年级学长则攻读四书五经和唐诗。那时家乡父老对洋学堂里的"大狗叫、小猫跳"素不满意,认为能教孩子"补习"一些旧学也是补偏救弊。

楚头林正有这么一家私塾,又称学屋或家馆,有一位赵老先生在村中设馆授徒,是赵家的长辈。

父亲把我送进学屋,走了,我不知道他到哪里去了,后来听人家说,他去打游击。

私塾老师都是不苟言笑的人,不过赵老先生对我很和善,一则我是"客",再则我的作文比别人好一些。学屋里大约有二十个学生,由念"人之初"到念"关关雎鸠"的都有。我念《孟子》,算是中年级,若是编排之乎者也,我立刻显得很杰出。

念"人之初"的几个学弟常常挨打,他们总是背不出课文来。他们爱自己编的课文,"人之初,盖小屋,盖不上,急得哭。""人之初,出门站,新兴近,向城远。"新兴、向城都是附近的地名。那时我就想,也许课文应该照"盖小屋"那么编。"人之初,性本善",我未入小学之前就读过,不懂是什么意思,现在小学毕业了,依然不懂。

念《论语》的同学,每天背诵都能过关,那是因为老师没仔细听。如果老师知道他把"何莫由斯道也"念成"癞蛤蟆咬了四大爷",一定勃然大怒。

说来功课不重,我们读四书,一天只读两百字,上午受课(当地叫领书),下午背给老师听,等于考试。一天除了写大字小楷,中午回家吃饭,整天念那两百字,一齐大声念,拖着长腔念,老远听得见,这就是"琅琅书声"。

按照正常的进度，老师对读《论语》的学生讲解课文内容，谓之开讲，学生上午听讲，下午讲一遍给老师审听，谓之回讲，如果回讲时讲不出来，老师重新讲解一次，第二天再回讲。倘若回讲一再失败，老师就对这个学生停讲，这个学生仍然天天领书，有板有眼地念那些有音无义的句子，乡人称之为"念书歌子"。

为了使"书歌子"容易背诵，学生常常自己在乱声诵读中"发明"它的意义。所以，书上写的是"何莫由斯道也"，他心中想的是"癞蛤蟆咬了四大爷"。书上写的是"皇驳其马"，他心中想的是"王八骑马"。

学生挨打多半是为了背书。背诵时，学生离开座位，站在老师的教桌旁边，转过身去，面向同学，这时全体学生一齐高声朗读，以为掩护，说也奇怪，这种伎俩从未被老师制止过。

从赵老师这里我第一次看见"出恭入敬"的牌子。这是一面木牌，约有巴掌大小，一面写着"出恭"，一面写着"入敬"。牌子放在老师的教桌上，"入敬"的一面向上，如果有人要上厕所，他得先向老师报告，得到许可以后把牌子翻过来，露出"出恭"，事毕回屋，再把牌子翻回"入敬"。这是防止学生借尿遁屎遁逃课的一个办法，以致"出恭"变成了"大便"的代号。

我还从赵老师这里知道"戒尺"本名"戒耻"，意思是说，你如果被这个板子打了，那是你的羞耻，希望你知耻。又好像说，这个板子可以改正你的某些可耻的行为。"戒耻"的意义比较丰富，我很喜欢。

老师为我开了一门特别的课程。兰陵是个小地方，古代显赫过，后世文人留下一些诗篇，老师下工夫搜集了，他教我念这些诗。

首先是李白的《客中行》：

兰陵美酒郁金香，玉碗盛来琥珀光。

但使主人能醉客，不知何处是他乡。

《客中行》入选《千家诗》，而《千家诗》是清代的儿童教科书，所以此诗几乎是无人不知。其实它不过是太白一时即兴之作，我从来不觉得有什么了不起。

刘长卿到过兰陵附近的芙蓉山，有一首《逢雪宿芙蓉山》：

　　日暮苍山远，天寒白屋贫。

　　柴门闻犬吠，风雪夜归人。

这种诗中的小品，读来也是不过瘾的。

清代的邵士途经兰陵，写过一首七律：

　　兰陵古道一天晴，山色青青马首迎。

　　美酒临觞怀李白，雄文佩笔访荀卿。

　　村村鸡犬同酺国，户户弦歌近武城。

　　停辔观风民物好，与农闲话劝春耕。

只有开头两句好，也只有前两句我一直记得。后来费了许多工夫查出全文，才知道我为什么老早就把它忘记了：粉饰太平，平直无趣。感谢上帝！我们不喜欢的事物，我们总是先予忘记。

明代的张和有一首《兰陵秋夕》：

　　碧树鸣秋叶，芳塘敛夕波。

　　漏长稀箭刻，楼迥逼星河。

　　候雁迎霜早，啼螀傍日多。

　　……

不抄下去了，诗中景象合乎黄河下游任何地方的秋夕，跟兰陵没有特别关系。有一段日子我很喜欢堆砌对仗，所以这些句子至今还能上口。

傅尔德的一首《兰陵晚眺》，有点意思：

　　鲁中云物自荒荒，欲抚平原道路长。

　　朔气能连野火白，童山不待夕阳黄。

　　地分南楚怀丰沛，水灌西泇避吕梁。

　　历落异乡难日暮，秋风崩岸散牛羊。

想来想去还是李太白刘长卿写得好,"不知何处是他乡"、"风雪夜归人"何等耐人咀嚼! 大诗人毕竟是大诗人。

老师不是这样说的。他说他有未了之愿,打算游遍天下为小地方写诗,"纵然写得不怎么好,人家还是忘不了你"。

俗语说:"五月田家无绣女。"因为要忙着收麦。

五月田家也没有读书写字的男孩子,学屋在"麦口"放假。"麦口"是收麦的季节。"麦口"的"口",跟张家口、古北口的"口"相似,说麦收是一大关口。如果麦子收成好,这一年吃的用的都有了,秋收就是"余沥"了。麦收的紧张忙迫,也简直就是闯关呢。

阴历把一年分成二十四个节气,每个节气有名称,五月初的"芒种",是割麦的时候,也是插稻的时候。麦和稻都有芒,"芒"可以概指这两种作物。

麦子成熟了,田野一片金黄,大地如一张刚刚由热鏊子上揭下来的香酥煎饼,使人馋涎欲滴。这时最怕下大雨,一场大雨,麦子倒在地上,泡汤发芽,收不起来了。所以全家老小都要看着天色拼老命,叫做"龙口夺食"。龙是司雨的神灵。

由冬至第二天算起,每九天称为一"九","九九再整九,麦子能着口",那时,我们就有假期可以享受了。

冬至那天,老师在窗户上贴一张新纸,纸上用双钩描出九个字,每一个字九画,合为九九。老师天天用毛笔在双钩笔画的空白处中填入黑色,每天一画,等九个字填好,冬至就完全过去了。这九个双钩字叫做"九九消寒图"。

我们每天注意观察消寒图,心满意足地望着黑色怎样蚕食白色。我们等待轰轰烈烈的麦假。许多同学,认为念那不知所云的"知止而后能定,定而后能静,静而后能安……"不如到农田干活儿有趣。他们的家长也确实太忙,需要孩子做帮手。

那年月,真正的农夫难得理发。据说,当他们埋头在田里工作的时候，他们在储草的房子里休息的时候，草的种子落在他们头上。然后，这些风打头雨打脸的人，让种子在头发里发了芽。在麦收的季节，你如果看见一个人头上长草，不必意外。

每天，我遇见有人从田里回来，我必专心看他的头发。

赵家割麦，我去拾麦。拾麦是跟在割麦的工人后面捡拾遗落的麦穗，《圣经》里有个女子叫路德，她因拾穗而不朽。

每天黎明时分，我跟着赵家的长工短工一同出发，他们是割麦的能手和熟手。

割麦的姿势很辛苦。麦是一垄一垄、也就是一行一行站在田里，割麦的人迎着麦子的行列迈开虎步，前实后虚，弯下腰去。他左手朝着麦秆向前一推，右手用镰刀揽住麦秆向后一拉，握个满把；然后，右手的镰刀向下贴近麦根，刀背触地，刀刃和地面成十五度角，握紧刀柄向后一拉，满把的麦子割了下来。

割麦的秘诀是"把大路子长"。十几个工人一字儿排开，人的姿势比麦子还低，远望不见人身，只见麦田的颜色一尺一寸地改变。

具有专业水准的人割麦，是不会让麦穗掉在地上的。但是，麦子在生长的时候，有些长得密、长得壮，对另一些麦苗连挤带压，使它们不见天日，这少数弱者为了接收阳光，就睡在地上，像藤蔓爬行，终于弯弯曲曲探出头来，结一个奶水不足的穗。这种麦子躲在镰刀的死角之下，侥幸瓦全。拾麦的人跟在工人后面，把这些发育不良的麦子拔起来，合法地持有。田野处处有拾麦的孩子、妇女，也有老太太。一个拾麦的健者，每季可以"收获"一百多斤小麦，许多大闺女小媳妇的私房钱就是这样存起来的。

拾麦的人绝对不能"偷"工人割下来的麦子。虽然她偶然也唱："拾麦的、三只手，不偷不拿哪里有？"但是她绝对不能偷。"偷"来的麦穗硕大饱满，金裹银浆，人人看得出来。麦穗变成麦粒，有一套公开的程序，一点也不能掩藏。拾麦的人一旦有了"前科"，就会变成

第九章 折腰大地

不受欢迎的人，难以走进正在割麦的麦田。

拾麦也很辛苦，到中午，我简直觉得脊梁骨断了。可是看那割麦的人，越割越猛。我连裤子都被汗水湿透了，可是看那割麦的人，捧起瓦罐来喝凉水，喉管膨胀，咕咚咕咚响，然后一弯身，汗珠成串，像是瓦罐里的水直接喷洒出来。我跟在后面拾麦，可以看见地上的汗痕，尽管土地是那么干燥。

我想，郑板桥也许没仔细看一看割麦。割麦流的汗比锄草要多。

傍晚收工，我几乎要瘫痪了，这才万分佩服、甚至羡慕那些长工短工，他们巍巍如历劫不磨的金刚，今天如是，明天后天如是，下一季麦收依然如是，我不知何年何月才修炼得他们这副身子骨。

晚上背着拾来的麦回家，满身满脸都是麦芒。母亲把我身上的衣服脱了，用水把麦芒冲掉。麦芒经过汗水浸润，使我身上到处红肿痒痛，好像什么毒虫爬过螫过。母亲说："弯着腰的工作难做，老天保佑，你，还有你的弟弟妹妹，将来都能直着腰做事。"

我想来想去，麦田里没有谁是直着腰的。

中午地头上那顿饭……

本来主食是煎饼。做煎饼要先把麦子磨成糊，费工费时来不及，改成单饼。烙饼用面粉，面粉可以一袋一袋从市上买回来。

割麦的人埋头赶工，倘若偷闲东张西望，就会被人讥诮。他们从不抬头看看太阳走到哪儿了，可是，倘若他们直起腰来，手搭凉棚，往天上一眯，这时必定日正当中；再顺便扭头往村头上一望，送饭的人挑着担子，正向你步步走来。他们心里有时钟。放心，中午这顿饭从不误时。

烙单饼的鏊子案子都架在院子里，一个人擀，一个人烙，烙饼的人同时使用左右两盘鏊子。如果田里人多，那就两个人擀，两个人烙，同时四盘鏊子。单饼必须趁热送到地头上，冷了咬不动。

单饼很薄，大约有一张十英寸唱片那么大。所以，烙单饼用的鏊子也小。烙好了的饼一张一张叠起来，不计算有多少张，用筷子量有多高。那时家乡的竹筷比城里用的乌木筷象牙筷稍短一些，比日本人用的免洗竹筷（用后即丢）稍长一些。通常，两个割麦的工人需要三根筷子高的单饼。

跟单饼一同送来的还有绿豆稀饭，稀饭是老早就熬好了，抬到地头上来的时候还没有凉，不能凉，凉了，喝下去会发酸；也不能热，热了会烫嘴出汗，拉长午饭的时间。

自然还有菜，通常是凉拌三丝、韭菜炒蛋、辣椒炒小鱼……

烙单饼是细活儿，首先，每一张单饼必须同样大小、同样的圆也同样的薄。擀饼的人全凭经验技术，并没有天平圆规帮助她。饼铺在热鳌子上必定鼓起许多小泡泡，这些泡泡必须都近似手指肚大小，必须分布得很均匀，饼一定不能穿洞，小泡泡也一定不能烧焦。这样，烙出来的饼才熟透，才有香味。

从前，新媳妇进门，三日入厨，问婆婆爱吃什么，婆婆若是厉害，就说想吃单饼。这就是婆婆对媳妇的考试，从她烙出来的单饼，评估她在娘家所受的调教。

割麦的短工，今年受张家雇用，明年受李家雇用，轮流吃各家的单饼，对每家厨房的作业水准都打了分数。如果谁家供应的单饼一边厚、一边薄，或者有鸡蛋大的泡，或者日正当中还送不出饼来，或者……那么割麦的心里有数，准是这大门里头修身齐家有问题！

拾麦的节奏跟着割麦的节奏，的确如火如荼。这一阵子把我累得弯着腰走路。赵家那位大表哥，每天歪戴着草帽游游荡荡的小青年，毫不客气地问我："怎么啦？肾亏？"

有人对母亲说，我的脊骨比较软，不耐劳苦，这样的身子只合做文人。

在地头上，他们笑我食量小，人家吃饼吃一筷子两筷子那么高，我吃饼只能吃一根小指那么高，胃小肚肠细，这种人也是天生的文人。

文人胃小肠细脊椎软?这样的人好做还是难做?我对自己的未来开始有了想象。

古人批评文人不知稼穑艰难,说他们"不辨黍稷"。黍和稷相似,我能分辨。黍的颗粒大些,颜色高贵些,稷稍黑一些,表皮坚硬些。若是煮熟了,黍比较黏些。

有些字典说黍是小米,据我所知,小米是从"谷子"穗上收下来的,谷子的长相近似狗尾草。黍很神秘,据说天下所有的黍粒都同样圆、同样轻重、同样大小,所以古人定一百粒黍的长度为寸、一百粒黍的重量为铢。它不是小米。

稷,字典上说是高粱,和我所知道的不同。高粱米的形体、颜色、气味、滋味都和黍有极大的分别,除非是白痴,绝不致混淆不清。

大约是由"不辨黍稷"引申而来,小学课本有这么一课:

城里少爷跑下乡,
认不得稗子认不得秧,
错把禾秧当稗子,
错把稗子当禾秧。

稗、秧确实相似,但是我也学会辨认了:稗子猥猥琐琐,一副没有自信心的样子,秧显然有好的教养、好的遗传。

那表哥虽然也是个少爷,稗子和秧倒分得清。

"你到田里去拔三棵稗子回来,看看里头有几棵稗子,几棵庄稼。"他考我。

我照着做了,三棵全是稗子。

"好!不错!聪明!"

我们又回到学屋。

老师有些郁郁不乐的样子,吸着他的长烟袋,望着地,一天没叫我们背书。

第二天,来了个胖子,大概是老师的好朋友,常来串门儿。

有客人来，我们照例大声念书，表示老师教学成功，声音越大客人越高兴。可是他们俩怎么谈话呢？难道"读唇"吗？

一直是胖子在说，老师拉长了脸在听。忽然，老师大声呵斥道："汉奸！他是汉奸！"

学生立刻鸦雀无声。

"唉！父子到底是父子。"胖子说。

"我没有当汉奸的儿子！我没有这样的儿子！"

再也没有人念书，学生都瞪着眼听，他俩也不介意。

胖子缓缓地说："他以前冷落了你，是因为没混好。现在，刚刚混得好一点了，想尽孝道。至于这汉奸不汉奸，可就难说了，身在曹营心在汉，到底是汉奸、还是曹奸？日本鬼子打进来，政府百万大军挡不住，教老百姓怎么办？老百姓都上山？老百姓都去大后方？老百姓都在坦克车上一头撞死？你老哥也知道办不到，老百姓还得活在这里，老百姓总得有人照顾。鬼子当然不照顾老百姓，那么老百姓自己照顾自己吧！自己有个人出头跟鬼子打交道，哄着瞒着防着也算计着，鬼子也少造点儿孽。老哥，你说，为什么不行？"

老师依然怒容满面，用长烟袋频频撞地，反复地说："汉奸就是汉奸！姓赵的出了个汉奸，这是家门不幸，你不要再说了！"

胖子不再说话，也没告辞，坐在那里慢慢地吐烟圈儿，胸有成竹的样子。我们自动地警觉地大声念起书来，填补他们留下的空白。

放学回家，我对母亲说，老师义正辞严令人感动。母亲马上叮嘱："你千万不要说什么，人家父子终归是父子。"

那胖子也这么说，可是，看老师的神情，他要大义灭亲。

第二天，老师依然脸色沉重，不讲书、也不回讲。我们自由自在地嚷嚷了一天。

第三天，学屋关门，老师辞了馆。

好不怅然。可是，听说老师是被他那个当警察局长的儿子接了去享福，当地商绅排了队请他吃鱼翅席，要吃两个月才吃得完。

第九章　折腰大地

我附和过老师的意见吗？没有，幸亏没有。

学屋关闭了，时间全是表哥的。

表哥对女孩子有一手，只要他一把抓住她，她就直挺挺地站着，动弹不得。表哥向她的耳朵里吹送热气，烤得她红到脖子。她没处躲，也不喊叫。表哥松手，她就低着头走开，也不跑。

他常常表演这一手，我越看越纳闷，莫非他有巫术？

回想起来，他大概会一点简单的擒拿术。女孩子知道不能喊叫，一喊叫，事情就闹大了，表哥必定挨他父亲一顿痛打，她家和赵家就不好相处了，而且故事任人编造，害她找不到好婆家。事后不逃跑也可以如此解释，逃跑是反常的举动，引人注意。

我相信这是乡间的家教，做父母的这样叮咛过女儿。当然也要看事态发展，表哥只是朝她的耳朵吹气，没有别的。

表哥说："真是无聊，咱们去逮个偷瓜贼玩玩。"偷瓜贼最没人缘，挨了打没人同情。瓜农为了看瓜，在瓜田盖了一间简陋的小屋。表哥忽然有灵感，带着我从屋后绕到屋前，一脚踢倒用瓜藤编的门。

屋子里果然有一个男孩一个女孩，在地上抱着打滚儿，他们偷的不是瓜。

他们都没穿裤子，所以我首先看见赤条条的腿，有男腿也有女腿，男人的肌肉和女人的肌肉是世上最容易分辨的东西。男孩惊惶地站起来，那光秃秃直挺挺的玩意儿举得老高，要藏也没处藏，逗得我想笑。

男孩连忙跪下，女孩跟着跪在背后，这样才把应该掩饰的地方都遮挡了。表哥忽然长大了许多。"奶奶的，"这句三字经并不是骂人，"六狗子，你把咱村上最俊的小妞儿干了！"

六狗子直磕头。

"你还不快拿花轿娶她？"

"她爹不答应。"

"××这个糊涂蛋！你去给他讲明白，你早已把他女儿怎样了。"

女孩连忙说:"我爹会打死我!"

表哥的胸脯朝前一挺:"他打你,你就朝我家里跑!"

我唯恐有人来,提醒一句:"教他们穿裤子吧。"

表哥回身走,打鼓退堂的架势。走过瓜田,他顺手摘了个翡翠西瓜。"大白天,看见男人女人干事儿,会倒霉。"他来到路上。"有个办法可以破解,我教给你。"

西瓜朝空中使劲儿一丢,丈把两丈高,扑通落地,摔成四块八瓣儿,红瓤飞溅如血。

我忽然想起一件事,当路站住。

"怎么啦?"

没什么,没什么,我心里想的不能告诉他。我在想:要是六狗子拿花轿把那小妞抬进家,岂不也是两个孩子?

第十章 田园喧哗

日军派了大约一个排的兵力占据兰陵，自称"大日本警备队"。这时，日军在杀人放火之后想到治民。

日军把兰陵镇大地主权爷"请"出来做区长，号召散落在外的兰陵人回家。王权和跟我祖父同辈，他太有钱，我们跟他没有交往。他当汉奸出于万不得已，全家上上下下四十多口，靠收租维持生活，如果长期流亡在外做难民，不但收租困难，也一定招人绑票勒索。他是一个君子，无力为善却也不肯为恶，由他来占区长的位子，大家比较放心些。

我家要不要搬回兰陵呢？那时，兰陵的另一些长辈，王松和、王成和、王贤和，合伙组织了一支游击队，我父亲也参加了。父亲认为游击队员的家属绝不可住在日本警备队的围墙之内，将来游击队难免对兰陵动手动脚，家属将成为日军报复的对象，将来日军有什么情报泄露了，游击队员的家属是头号嫌疑犯。

回想起来，日本人的统治技术十分粗疏。"大日本警备队"似乎并没有什么不忍人之心，捕人、杀人、出兵扫荡一丝不苟，但是他始终没有为难过游击队的家人。我觉得他甚至根本没有注意过这些人。但是我父亲虑患唯恐不周，我们搬到了兰陵南郊的一个小村子，黄墩。

黄墩离兰陵只有两三华里，站在村头可以望见乌鸦从兰陵南门里的高树上起飞降落，住在这里可以就近观察兰陵的变化，也就近照顾仅有的几亩薄田。唯一的顾虑是，倘若日军出动南下扫荡，黄墩首当其冲。黄墩的人早已有了对策,日军若有行动,必定先通知他控制的保安大队集合,日军自己也要备马、牵炮,有一番张罗。这些都是有目共睹之事,黄墩可以立刻得到情报,东面的横山、北面的北王家庄、西面的插柳口也都可以得到情报。

日军伪军只要走出南门一步,黄墩村头的监视哨立刻发出警报,村中的妇女、青年、士绅,立刻出村往南逃避。那一带土地平坦肥沃,村庄密布,只要逃出两三里路,树林房屋就会把日军的视线挡住。日军到了黄墩,照例要搜索警戒一番再前进,村民就逃得更远了。

游击队的耳目比老百姓更灵通,行动更有计划,自以为有备无患,没有人觉得打游击是"兵凶战危"。

回想起来,日本"皇军"当然是训练之师,但是他们中规中矩有源有本的一套做法,恰恰成了游击队的活靶。他们哪里来的信心、哪里来的胆量,想凭三十个人控制兰陵地区的两万中国人,想凭几十万占领军征服中国的五亿人!

黄墩,也许从前是由姓黄的人家开发建村的吧,可是我们来时,黄家早已没有什么遗迹。我们住在陈茂松先生家,彼此是亲戚。

陈先生中年无子,夫人又颇有擒拿,不敢讨小,所以热心行善助人,寄望于"为善必昌"。我家投奔前来,他非常欢迎,把他家又宽又大的别院让出来。

陈先生是一个标准的乡绅,清秀而不文弱,饱读诗书而清谈度日,对佃户采取无为而治的态度。他的眼珠有些微偏斜,——后来知道那叫"弱视",——但仍不失为一个漂亮的男子。他那因闲暇安逸培养出来的幽默感在黄墩是独一无二的,他言谈中透露出来的同情心,在黄墩也是少有的。

有一件事,我永远不能忘记。

这年夏天,有一个五十岁左右的老头子,用一头小毛驴驮着一个女孩,路过黄墩,在陈府打尖休息,他跟陈府好像也是亲戚。

第十章　田园喧哗

女孩由内眷接待，陈茂松陪着老头儿在大门口树阴下凉快。这老头脸型狭长，眉毛压着眼角，中部生鼻子的部分忽然凹下去，皮肤是无法改善的那种肮脏，我一见就讨厌他。

我马上知道，这人年老无子，花钱从外乡买了这个女孩回家做小。虽然交易已经完成，他还是再三提出问题："你看她的屁股，她的奶子，像不像一个能生儿子的女人？"

陈告诉他，生儿育女要尽人事听天命。他说："你带回去的这个人，别的我不敢说，她一定不会给你家添口舌是非，她会老老实实跟你过日子。大小自古不和，不是大欺小，就是小欺大。你带回去的这个人，绝不会欺负大嫂。你可要照顾她哟！"

老者点头称是。

这老者归心似箭，催促起程，只见女眷们簇拥着那女孩走出来。她忽然不肯上驴。劝她，她哭。

老头儿黑了脸，大喝一声："拿鞭子来！"陈立刻靠近他耳边叮嘱："女人要哄，女人要哄。"

那女孩，可能有过挨鞭子的经验吧？这一声恫吓竟使她慑伏了。她登上驴背的时候我才看清楚，她年轻，白嫩，相当丰满，看不出物质上有十分匮乏的样子。她怎会被人当做货品出售呢？这究竟是怎么一回事呢？

母亲远远看到了这一幕，事后回到自己住的屋子里，连声叹气。

她对我说："这女孩，大概是无父无母吧，她的父母断断不会把她卖了。"

她又说："她大概没有哥哥姐姐吧？她的哥哥断不会让人家把妹妹卖了。"

她还想再说什么。可是她终于没说。

我呢，我当时想的是，陈茂松这人真厚道，上天必定给他儿子。

我有一个堂哥，是伯父的独子，才字排辈，学名叫王佐才。很喜欢他的名字，姓，名，班辈，三字成词，浑成自然，而又典雅可敬，恨不能比他早出生些时，先取了这个名字。事实是他的年龄比我大一倍以上，他的儿子（也是独子）身高体重都和我相似，叔侄宛如弟兄。

我这侄子叫王葆光，葆字排辈，乳名叫小宝。"葆光"典出《庄子》，而"葆宝"两字可以通用，可见取名字的人学问不小。

虽说在大家族里有三岁的爷爷、三十岁的孙子，我和我的这位侄子甚少交往，因为年纪太接近了，彼此都觉得不自然。可是佐才哥一家也想到黄墩来住，陈家别院里还有空房。他搬进来之后，我和小宝就密切了。

佐才哥所以要住在乡下，是为了赶集做生意。集，颇有日中为市的遗意，定期在大村镇旁边的野地里交易，临时摆摊搭棚架灶，午后解散。做生意的人今天赶集到甲地，明天赶集到乙地，黎明即起，挑担推车出门，住在兰陵不方便，例如，你要上路，人家城门还没开呢？

王佐才，多么好的名字！可是他没缘分遇见文王，每天赶集摆摊，招人来推牌九。佐才哥可说身怀绝技，能从背面认牌，又能控制骰子的点数，这两个本事加起来，他要你拿几点你拿几点，他要赢你多少钱就赢你多少钱。

这不是郎中吗，却又不然，好几次有郎中来劝他同游江湖，他都拒绝了，他只赶集赢几个零钱买菜。他不准小孩子入局，他也不让大人输光。太阳偏西，他提醒对方："不早了，玩过这一把儿回家吧。"这一把儿总是人家赢。

这一行最招闲杂人等。有时候，一叠铜元重重地落在台面上，表示要赌一把。佐才哥抬头端详，给那人看相算命，慢慢从布袋里掏出一叠铜元，堆在那人下的注旁边，一般高，或者稍矮一些，告诉他："你赢了。"来人把两叠铜元抓起来，一言不发便走。他也可能不走，伸出手来把两叠铜元朝前一推，表示再来一次。这时，佐才哥就拉长了脸，问他是吃哪一行的，用言语挤兑他，使他知难而退。

回想起来，佐才哥是在社会地位的急速下坠中努力维持不太难堪的姿势,我可能受到他些微影响。他的眼睛有毛病,见风流泪,一年到头擦不完的眼屎,却从来没有看过医生。冬天拂晓,朔风正寒,他挑着那张能折叠的长桌乒乒乓乓出门,一双病眼怎么受。这时,母亲就会说,佐才虽然没有王佐之才,倘若受过良好的教育,一定可以做一番事业。可是,他没那个机会!

母亲会说:"重要啊!受教育是多重要啊!"

父亲若是听见了,就会叹气。

有些事,小宝是先进,例如,我跟他学挑水。那时村村有井,大村大镇有好几口井,居民向井中打水挑回家食用。乡人不食雨水,认为雨水有腥气。雨腥来自龙腥,龙负责行雨。

挑水的工具是一根扁担,一根井绳。水罐是灰色的瓦器,很薄,不上釉子,禁不起碰撞,所以说"瓦罐不离井上破"。在乡下,院子里难免有鸡屎狗粪,大人的痰小孩的尿,这些脏东西经常沾在水罐底部,当人们用井绳吊着瓦罐向井中汲水的时候,脏东西就留在水里了。所以说,"井水是千家的茅厕"。

"瓦罐不离井上破","井水是千家的茅厕",这两句话原该是对现状的批判吧?可是,千年以来,取水的工具并无改进,瓦罐的卫生也未加检讨。这两句话并未引起人们对现状的反省,反而使用它肯定现状,成为现状无须改善的判决书。

水罐有大号、中号、小号,我们用中号。小宝挑着一担水,走得飞快,我不行,扁担滑,肩痛,总得中途休息两次。村人说,得多挑重担,趁年轻骨头软,把骨头压平了,扁担贴在肩上,才是一个及格的挑夫。

有一次,我的动作太慢,母亲出来找我,她说:"我以为你掉到井里去了。"本是一句戏言,谁知有一天成真了。原来,汲水的时候,人站在井口,弯着腰,手里提着绳子,空瓦罐轻飘飘的,容易控制。等到把水提上来,提到井口,汲水的人必须直起腰来。这时候最容易碰破瓦罐。而我用力太猛，失去重心，一脚踏空，扑通一声下了井。

小宝大喊救命。幸而我是头上脚下直着掉下去，如果倒栽葱，那就严重了。当然还是喝了一肚子水。

这件事在黄墩是一大丑闻，大家相信人一旦落井，会在井里急出大小便来。父亲连夜寻找专家淘井。母亲奖了小宝，又打听是谁把我从井里捞上来，登门道谢了。淘井是把井底污泥挖上来，井水越淘越清，所以"井要淘，人要熬"。大家相信井淘过就没有问题了。

两个月后还有人当面数落我："我们都喝过你的洗澡水。"母亲谈了些小媳妇投井自杀的事，乡下人自杀大概只能上吊和跳井，上吊容易被人发现解救，解救下来还得挨打，投井一定可以淹死，所以投井的比上吊的人多。

母亲说，谁家媳妇投井自杀，全村的人都骂死者，怪她弄脏了饮水，不骂那逼死她的丈夫或公婆。媳妇的公婆也很愤怒，除了办丧事，还得淘井，处处花钱。丧事不是哭着办，是骂着办。女子不受教育，不能自立，境遇总是悲惨。母亲在这方面很敏感。

小宝带我去打高粱叶子。高粱是长得最高最粗最壮的农作物，一节一节长上来，分节的地方招展着翠带一般的叶子。

高粱开花的时候，必得把高粱秆下半截的叶摘掉，大概是为了流通空气、节省养料水分。摘叶时手心向下、朝着叶根突然一拍，等叶子一声脆响断了，趁势抓住，这个动作称之为"打"。

打高粱叶子是一年最热的时候，高粱田一望无际，密不通风，打叶子的人可能中暑昏倒，所以一定要许多人结伴前往。工作的时候，男人把全身的衣服脱光，女人也赤露上身，为了凉快，也免得汗水"煮"坏了衣裳，所以"男区""女区"严格分开，绝对不相往来。

女子不可单独进入高粱田，还有一个理由：保护自己的贞操。高粱田是现代的蛮荒，里面可以发生任何事情。一个男子，如果在高粱田里猝然遇见一个陌生的女子，他会认为女人在那里等待男人的侵犯,他有侵犯她的权利。那年代,如果一个女子单独背着一捆高粱叶子回来,村人将在她背后指指点点,想象她与男人幽会的情景。

高粱叶子必须在若干天之内打完,种高粱的人欢迎任何人来动手摘取,高粱田完全开放。高粱叶有许多用途,喂牛、编垫子,晒干了作燃料。我们拿来燃火做饭,节省柴钱。我们跟在几个壮健的农夫后面。 他们先把衣服脱掉,我们也只好照办,我们为自己的皮肤太白而觉得惭愧。

他们的动作极快,手臂上下挥动有如机器,没有半点耽搁与浪费。 叶子和母体分离时发出的响声像下了一场雨,汗水一直往下流,流到脚跟,也像雨。

其中一人,用他那不竭的精力,唱起小曲。词意很露骨地说,一个男子怎样把一个女子拖进高粱地里,两人是男攻女守,但是女子故意在防线上留下缺口。最后,女子用手掌拼命掩住下部,手指却是分开的。 我觉得唱曲的人在想象中隔墙有耳,以为歌声可以传到"女区"。歌声中,每一个壮汉的命根子都高高举直,怒不可遏的样子。 他们都有用不完的精力。

农夫有许多更重要的工作,不能每天打叶子,我们找不到伴就自己行动。我们决定不脱衣服。我们决定深入这绿色的丛林,如果它有尽头的话,就走到尽头。我们去探险,晚上日落才回家。

确实像是探险。有一次,我们误闯女区,被一群浑身肌肉甩动的老太太笑着骂着挥动镰刀赶出来。有一次我们"摸"到一个陌生的村庄,村人以为我们是游击队的小鬼,请我们喝冷开水,我们的心一直扑通扑通跳。又一次,渴极了,小宝偷了一个瓜来,不幸是苦的。第二次轮到我去,引来一只黑狗,我们扳倒高粱列成红缨枪阵,纵横抵挡。

小宝说:种庄稼没意思,我以后不要做庄稼人。——你长大了做什么?

我长大了做什么?在楚头林拾麦,在黄墩挑水,真正的农夫鉴定了我,我胃小肠细,肩骨峻嶒,不够资格做农夫。我究竟做什么?

我能做什么？打了一季高粱叶，长了一身痱子，右眼也肿了。乍看成绩不错，堆得像座小山，天天晒，天天缩小。抓一把干叶塞进灶下，亮一下，连余烬也没。一季的高粱叶烧不了一个月。

高粱叶打完了，准备拾豆子。豆子经霜才熟，收割时，豆叶都枯黄凋落了。豆子熟透了，豆荚会炸开，把豆粒弹出来，种豆的人不能让这样的事情发生，所以割豆也和割麦一样，急如燃眉。他们虽然爱惜满地的豆叶，只能草草收拾一下，剩下的，秋风吹得满地乱滚，就是无主财物了。拾豆子所得寥寥，重要的是搂豆叶。

搂，读平声，伸开五指把东西聚拢过来，凑到一块儿。搂豆叶当然不靠手指头，它有专用的工具，把竹子劈成细条，一端成钩，作扇面形排列，叫 Par。我从《国音字典》上查出耙、笆、钯，看注都不能搂豆叶。 使用时，绳子套在肩膀上，满地拉着走。这时田野荒凉，秋风凄冷，回味拾麦、打高粱叶子、拾豆子的景况，颇有繁华成空的滋味。

残存的豆叶多半已经过一场秋雨，往往薄如蝉翼形如破絮，如何用绳子把它捆起来带回家中，也有诀窍。小宝能把它收拾成一堵墙的形状，两面整齐如刀切，一路顶着风挑回家中，豆叶也不散失。我始终没能达到这样的水准，我的豆叶随风飘零，到家时，每一捆豆叶都瘦了一圈。

花一整天工夫搂来的豆叶只能烧一顿晚饭。我真不知道自己能做什么。

高粱的根很深、很深，离地两寸的秆上生出须根，紧紧抓住大地。砍倒高粱好比杀树，树根难挖，得等它干枯了、有些腐烂了。出土的高粱根如一座小小宝塔，土名"秫秫疙瘩"，火力很强，燃烧的时间长。 这样好的东西，物主是不会放弃的，我们拾柴的人咽着唾沫看他们一担一担把秫秫疙瘩挑走，眼巴巴希望从他们的担子上掉下几个来。幸而拾到了，回家守着灶门，看它燃烧，看它火熄之后还通体辉煌，须眉俱全，美丽庄严。这时，满心希望能有一车"疙瘩"堆在院子里。除此之外，还能做什么呢？

第十章 田园喧哗

我能用新鲜的高粱叶给妹妹编一顶帽子，戴在头上清凉清凉的，有点重量，感觉如满头珠翠。我能从她手腕上端咬一口，咬出一个红色圆圈来说："我送你一个手表。"我能用一个制钱、一根火柴棒做个陀螺给弟弟，教他利用火柴头着地旋转，吱啦一声燃着了，可是马上又灭了。我教弟弟用黏土和泥，抟成弹丸，打偷嘴的野猫。

我只能做些无用的事情。

排水的时候，搂豆叶的时候，我们远远看见游击队像一条苍龙蠕动。为什么要走来走去呢？后来才知道，他们要练习行军，宣传抗战，以及提高知名度。

那时，最火辣辣轰隆隆的消息，是平地一声雷，某某人在某某村成立了游击队。兰陵沦陷了，各方豪杰不愿从太阳下经过，绕个弯儿到黄墩休息，由陈府招待午餐。这些客人都是新闻人物，所以陈府主人不出门能知天下事。

抗日救国的情绪高涨，连土匪都自动变成游击队。鲁南的土匪一向有他们的哲学，理直气壮。可是日本人打进来，他们觉得再当土匪就丢人了。

游击队浩浩荡荡，在东方，西方，南方，隐隐现现，田野做他们的脚凳。北方隔着兰陵，看不见。他们，有国民党支持的，有共产党支持的，也有单干户，左右双方都在拉他。我们熟识的人都投入了。

小宝是拾豆的时候开始动心的。收豆子事实上等于抢割，百姓千家一起动手，田野里布满了人。豆田的面积逐渐缩小，藏身其中的野兔惊惶起来。

本来野兔的毛色和土色几乎相同，它如果伏地不动，找个空隙悄悄溜开，那些忙碌的农人也许不会发觉。无奈野兔跑得极快，纵身一跳可以跳出两公尺以外，它大概是以此自傲并且屡操胜算吧，立刻施展所长，如箭一般射出。大概这就是兔脱。

野兔的过度反应惊动了田野的农人。人人直起腰来，以近乎操练的声音吆喝，使兔子觉得四面都是生命威胁。依照过去的经验，脱离威胁的不二法门是快跑。它并不了解大环境发生了什么样的变化，不知此身无所逃于天地之间，更不明白人类正尽目力之所及，看它以失效的经验作绝望的特技表演。

秋天野兔正肥，是"打围"的时候。打围，本来要带着几十个人，在旷野中一字排开，拉着一根长绳缓缓推进，目的就要惊起野兔再纵放鹰犬捕捉，割豆的日子岂非天赐良机？打围的人正在阡陌间巡逻，野兔现身，鹰腾空而起，猎狗也飞奔而至。

资深的农夫们重温他们百看不厌的表演。他们知道兔子虽然腿快，还是很容易被鹰赶上。他们知道，鹰会俯冲而下，以左爪抓住野兔的臀部。野兔慌忙回头，鹰趁势以右爪抓住它的头部，两爪向中间用力收拢，"咔嚓"一声把兔颈扭断。

野兔中的英雄豪杰也有它的绝招，它在恶鹰罩顶的时候翻身仰卧以四爪出击，攻打鹰的眼睛。这时，猎狗扑上去，把野兔咬死。所以打围必得有鹰有犬，陆空配合。所以人是万物之灵。

有时候，兔子实在跑不动了，它竟然缓缓地向着一个割豆的农夫走来，它是那样安闲，无猜，如同回家。它走到农夫脚前，放心地躺下，如同那农夫饲养的一只猫。这到底是怎么一回事呢？那无路可走的野兔是怎样打算的呢，这里面一定有造物者安排的秘密，我百思不解。这时，农夫就会轻轻松松地把兔子的后腿提起来往地上摔，再用镰刀柄敲它的头，直到它昏死。

这也是造物主的意思吗？

小宝说："要是打日本就像打兔子……"

我终于面对面看见游击队。

那天我很苦闷，不知道自己究竟能做什么。门旁有一条银色的细线贴在墙上隐隐发光，看见这条线就知道蜗牛从这里爬过。我打开日记本写上："蜗牛有路，指南针有方向，唯我独自彷徨。"

词穷，心中郁闷未解，就再写一遍。一连写了七八遍。这时听见

第十章　田园喧哗

外面有雄壮的歌声,许多人引吭高歌,黄墩从来没有过这样的声势。

我跑出去看。狭窄的街道上两旁是人,平坦的打麦场上满场是人,拿着枪,短衣外面扎着子弹袋。街旁的人随意坐在地上,没有一个人站着,打麦场上的人规规矩矩地站着,没有一个人坐下。打麦场上的汉子唱"中国不会亡",歌颂八百壮士守四行仓库。这是我第一次听见这支歌,听一遍就会了,是一首容易普及的好歌。

陈茂松先生接待游击队的领袖,看见我父亲在家,就邀去作陪。谈话中间,陈先生对那领袖说,我父亲有个聪明的儿子,小小年纪能写文章。那人听了大感兴趣,一定要和我见面。

陈先生走过来叫我,连我的日记本也拿去。我很窘,不敢看那人的脸,那人问了我几句话,就翻看我的日记。

"你很消沉,没有正确的人生观。"他一面看一面批评我。"你平时读什么书?《离骚》?《红楼梦》?不要看这种东西,世界上好书很多!"

他对我父亲说:"令郎该出来参加抗敌救亡的工作,和我们一起磨炼磨炼。"

父亲连忙说:"他还小,再过一两年吧。"

"你说他小?你来看看少年人的志气。"他站起来,主人也连忙站起来。"他们的父母愿意把孩子送到我们这里受教育,进步要趁早。"

他往外走,我们很有礼貌地跟着。我这才仔细看他,他很瘦,语音和婉,像文人。外面坐在街旁的人散开了,有一些人忙忙碌碌挑水,穿梭般各家出出进进,洒了一地泥泞。

我们跟他走进一户人家,看见他带来的游击队员往水缸里倒水,转眼溢出缸外,每倒进一罐水,站在水缸旁边的老太太念一声佛。

院子里坐着一堆少年兵,一个老师模样的人正在教他们识字。首领对老太太说:"老大娘,别当他们是兵,就拿他们当你家的孩子。"老太太蓦然醒悟了似的,进屋把床上的席子揭下来:"别坐在地上,地上潮湿,来,铺上席子。"

我们听见歌声,循着歌声走进另一家。这家院子里也有一堆少年兵,他们站着,有人正在指挥他们唱歌。院子另一角,两个队员一前一后,唱着歌推磨。他们走进这个家庭的时候,这家的小媳妇正在推磨,他们立刻接手。

这家的老太太正为不速之客做饭。首领对她说:"老大娘,别当他们是兵,就拿他们当你自己的孩子。"老太太一听,立刻泪眼婆娑,伸手把藏在麦糠里的鸡蛋摸出来。

他们挑水推磨的我很感动,恋恋不舍看他们唱歌,流汗,一盆一盆粮食磨成糨糊。

挑水太辛苦,那年头珍惜用水,一家人打一盆水轮流洗脸,口中连连说:"只有人把水弄脏,水不会把人弄脏。"为了惜水创造神话,人这一生浪费了多少水,死后阎王罚他一口一口喝完。

推磨比挑水更辛苦,樱桃好吃树难栽,白面好吃磨难挨,我和小宝都有亲身体验。我们两家都借陈府的驴子拉磨,有时候粮食没有磨完,驴子下田的时间到了,或者赶集的时间到了,眼睁睁看人家把牲口牵走,由我和小宝接力。

北方家用的石磨,不是磨豆浆磨麻油的那种小磨,是沉重的大磨。如果有人要打你,你跑到磨后面,隔着磨,他的棍子够不着你。磨,每家都有,围绕着它发生了多少故事。仇家登门报复,双方大战多少回合,有一个人自知不敌,退到磨道里打游击,两人围着磨团团转,最后有一个死在磨后面。乱兵进宅,闺女媳妇无处逃,逃到磨后,被人家按倒在磨道里。

在从前的家庭里,磨道是全宅最卑贱的位置,推磨的工作必定转嫁到最不得宠最受排挤的人身上。李三娘推磨,走得慢了婆婆要打,走得快了婆婆也要打,走得不快不慢婆婆还是要打。她在推磨时产子,在磨道里自己用牙齿咬断脐带,孩子的名字叫咬脐郎。女人的痛苦有首歌,其中提到"抱磨棍,磨大襟,挑水路远井又深"。常挑水,肩头的衣服先破；常推磨，胸前的衣服先破。

所以说"有钱买得鬼推磨"。鬼精灵，鬼聪明，磨道的事本来沾不到他身上，可是为了钱，他也干。

我们推磨时小宝总是不开心，他一直觉得我用力比他少，而且推不了几十圈我就心跳气喘，必须张着大口坐在磨道里休息，样子令人扫兴。那时并不知道我的"二间半"瓣膜有问题。

挑水，推磨，把这支游击队的名声扬开了。陈茂松先生不住地赞叹"王者之师！王者之师！"他说这支游击队的首领叫石涛。我想了半天，认为他太瘦了，叫石涛的人应该是个胖子。

他说，父亲和石涛达成了协议，等母亲替我做几件内衣，就送我去跟石涛抗战。

小宝没看见这些新鲜的场面，他到兰陵去了。我眼巴巴地等他回来听我的报告。

小宝愕然，他说："打游击就是打游击，怎么还挑水推磨？"是啊，一语惊醒梦中人，挑水推磨，我哪儿行？

小宝说，他要打游击，但是绝不推磨挑水。他已经用幻想"打造"了一支新式机枪，八支枪管成扇面排列，仿佛搂豆叶的"耙"。他的子弹射出可以转弯杀人，所以日本兵无可幸免。机枪架在装了轮子的钢板上，他一个人以卧姿在钢板后驾驶和射击，全体游击队员跟在后面收拾日军的枪械和尸体。

一连几天，我们热烈讨论那支机枪，和种种可行的战术。之后，我看见母亲替我收拾了一个小包裹。

"拿着！"父亲吩咐，我照办了。"外婆想你了，我送你去住几天。"这才发现父亲已是穿戴整齐。

这样，我糊里糊涂离开了黄墩。

第十一章 摇到外婆桥

我来到北桥。北桥在南桥旁边,是南桥的卫星。祖母根据"大乱居乡、小乱居城"的古训,搬到北桥赵家居住,我来和她老人家做伴。赵家已经没有空房安置我,我就在"草屋"里寄身。

所谓"草屋",是放"草"的房子,这个"草",指的是麦秸。在农村,麦秸是珍贵的东西,所以草屋的建造也很牢固,和家宅居室没有多大区别。草屋里,麦秸堆到屋梁那么高,扒个洞钻进去就可以睡觉,既舒服又暖和,干燥的麦秸在暗夜里放光,散发着香味,使这穴居一般的生活很尊贵。

回想起来,俗语说外面的金窝银窝,不如家里的草窝,这草窝二字,居然写实。

北桥,我不记得有寨有桥,我只记得平川无垠,两条车辙直冲进来,把两旁的房屋冲得歪歪斜斜,稀稀落落。田野坦坦荡荡,风悠闲地吹过来,把人和土地连在一起,房子小,院子小,却没有压挤的感觉。

我在北桥时正是初春,农人个个摩拳擦掌着手他们的一年之计,两个月前用泥土密封起来的堆肥,现在剖开,热烘烘地散发着生殖力的气味。堆肥经过发酵、杀虫,气质变化,可亲可近,农夫用双手捧起碎块来掰、捏、揉、搓,制成碎末,撒在地里,这时才有"泥土的芳香"。 山巅河床、不耕不种的地方,没有这种诱人的气味。

所以人畜的粪便是好东西,春天,几乎人人背着用藤条编成的、拾粪用的"箕",随时随地收拾做堆肥用的材料。在农村,"吃自己的饭，到别人的田地里拉屎"是愚蠢的行为。"但寻牛屎觅归路，家在牛栏西复西"，恐怕纯是诗人的幻想，农夫经过的地方不会有牛屎留下，即使他没带粪箕，也要脱下小褂来把它包回去。

乡人尝说，做农夫有三个条件，第一，睡在草窝里不痒；第二，捧着狗屎不臭。据说，某农夫带着儿子进城，爷儿俩经过饭馆门口，正值门内蒸气腾腾、门外酒肉香气四溢，做儿子的忍不住翘着鼻翅儿闻个不停。他爸爸说："闻什么！哪有咱们的堆肥好！"

第三个条件是见了庄稼就像见了孩子。我自己还是孩子，还不能体会那种心情。在北桥，对着麦田，我有过感动。数九寒天，寸草不生，独有这小麦在冰天雪地中孕育，利用这一段天地闭塞的时间生长，早早给我们第一季收成。

住在北桥的那一段日子，我曾经想，我也做一个农夫吧？回想起来，那时，我是把种田和陶渊明搅在一起了。我忘了陶渊明自己并不下田。

"你教我种地好不好？"我问一同住在草屋里的小李哥，他是赵家的长工。

"种地不好，要受气。庄稼好种气难吃。"

受气？受谁的气？他笑笑，没回答。不久我就想通了，那时最脱离现实的口号就是"农工商学兵"，其实正好颠倒，农人在地狱的最低一层。做庄稼人还得增加一个条件：能忍气吞声。

在我搬进草屋之前，里面已经先有一位住客，就是赵家的长工小李哥。"小李哥"这个称呼，是长辈替我定的，回想起来，他们很费了一番心思。我和他同住草房，需要他照应，理当尊他为兄，然而他到底是赵家的长工，所以又加上一个"小"，以求"铢两悉称"。

小李哥下巴瘦长，皮肤白细，模样很清秀，不像个做粗活的人，其实他小小年纪，田里屋里样样拿得起来。那时春耕开始，他每天一早就赶牛拖犁出门，晚饭前回来，从从容容，一副功力深厚的样子。我们一同相处的时间只有晚上，那时我们都不懂社交，不知道找些话题来交谈，除了沉默，就是听他唱小调。他一躺下就唱，好像唱歌就是跟我谈天。

  姐儿房中哟，摘菜心儿啦咦呀海，

  甩手掉了个金戒指儿，

  一钱零五分儿啊！

我知道，这种小调叫"姐儿讴"，每一首都用"姐儿房中"开始，讲述一段故事或诉说一种心情。

  哪家的，大娘啊，拾了去啊，

  奴家认你个干闺女儿，

  还我的金戒指儿啊！

我知道，下面一段一段向村中的各色人等喊话，招寻失物，最后是一位"大哥"拾物不昧，结果两个人成了亲。可是小李哥有他的版本，姐儿丢掉的这枚戒指被八路军拾去了，八路军又给她送回来了，她也就参加了八路，一同抗战去了。

"你改的？"我觉得新奇。

"不是。"

"谁改的？"

"不知道，现在大家都这么唱。"

他的歌喉不错，由他唱，听了不会烦腻。何况他的歌里有新词。

  奴在房中闷沉沉，

  忽听得门外来调军，

  不知道调哪军。

  咦儿呀儿喂儿喂，

  不知调哪军。

  好啊，齐步走的调子。

  南军北军都不调，

  单单调我八路军，

上前打日本。

咦儿呀儿喂儿喂,

上前打日本。

原来的版本是:"南军北军都调到,又来调我的常胜军,上前打敌人。"那时候,抗战还没发生呢,"打敌人",也不知道打谁。

有一组小调叫"思嫁",以大姑娘的口吻表白对结婚的渴望,调子同一个,词句有变化。没听见哪家女孩子唱过,男孩唱,女孩听也不敢听,要听也是偷偷地听。

一恨二爹娘,爹娘无主张,男大女大这么相当呀,怎不打嫁妆?怎不打嫁妆?

二恨二公婆,公婆无奈何,郎才女貌多么相合呀,怎不来娶我?怎不来娶我?

下面恨媒人不来提亲,恨妹妹先出嫁,恨哥恨嫂,恨僧恨道,最后恨起自己的命来。小李哥唱起来就不同了,这思嫁的女孩,恨着恨着八路军来了,她跟八路军抗战去,兴高采烈,什么也不恨了。

小李哥一支一支地唱,他唱出来的小调全变成八路军的军歌。

慢慢的,我发现,全村的人都这么唱。新版只在要紧的地方改几个字,或者添几句词儿,一听就会,用不着学习。这些歌,唱得我好痒,从心里痒。

我猜,小李哥一定也痒,要不,他怎会百唱不厌?

小李哥出去耕田的时候,我跟着。

他说:"我教你耕田。从前皇帝也会耕田,每年春天带着文武大臣出来耕三圈,正宫娘娘给他送饭。"

田是一块一块长方,很长很长。小李哥吆喝着牛,扶着犁,在一块田的中央先耕出一条直线来,这条线叫做"商沟",商沟把一块田分成相等的两半,以它为基准,从它两侧一刀一刀把田里的土切开、翻转过来。

耕田用的犁，分犁托、犁刀、犁把三部分，犁把高耸，和犁托犁刀成三角态势。耕田的时候，手扶着犁把，眼望犁托伸出去的头，犁头的作用像步枪的准星，紧贴着商沟。如果一不小心，犁托歪斜，就会留下没有耕开的死土，造成以后作业的困难。

所以耶稣说，人不可扶着犁把向后看，这时我才明白。

总之，每一寸土都要翻开，下一步才好用耙。"耙"的形状像梯子，钉满了一尺长的钢钉。这些钢钉把翻开的泥土咬碎荡平，波浪形的泥土变得像春水微皱，才好下种。用犁的时候，人是小心翼翼全神贯注的。用耙的时候就不同了，人站在耙上，乘风破浪似的得意，挥鞭四顾的有，昂首高歌的也有。慢慢地我也感染了这份意气风发，站在耙上俨然以为改造了世界。

耕牛都受过训练，你得会喊口令，这口令俗称"吆牛号子"，听来像是"喝喝油"，喊到"油"字高亢尖锐，使用假嗓，耕牛听到"号子"就努力前进。左转弯的口令是"咦，咦，咦"，右转弯的口令是"哦，哦，哦"，有特殊的腔调韵味，必得在南亩北垄实际工作中才培养得出来。要测验一个人是不是够格的农夫，最简单的方法是请他表演"吆牛号子"。

还有一样重要的工具是耕田时用的鞭子，鞭梢很长，因为耕田时牛和人的距离很长。使用时，单凭左手握鞭向前乘势一送，鞭身展开，鞭梢在牛身旁炸个花儿，不需要打在牛身上。这当然也要经过一番训练。

我喜欢看地里长出东西来，各种植物不停地变换土地的颜色，远近高低，深深浅浅。我开始能闻到植物的香味，连阴晴雨雪都有香味。

我开始喜欢家畜，即使是猪，脸上也有耐人寻味的皱纹。各种狗都漂亮，只要别在它吃屎的时候看见它。牛的特点在它的眼，又大又圆，又没有警戒的意思。耕田的时候，小犊依傍在母牛旁边，摩摩擦擦。中午休息，老牛却忙着舐小牛的脖子，难解难分。没事的时候，牛陷入孤独的沉思，我如果有琴，一定弹给它听。

渐渐的,我也分享了北桥儿童的乐趣,看蚂蚁上树,看斗鸡,看人在村首的大槐树下理发。北桥没有理发店,有游走四方的理发匠挑着担子来,那种"剃头挑子一头热"的设备。他用热的那一头烧水,冷的那一头磨刀。要理发,到树下来,先用热水洗头,水太热了,烫得你嘴歪眼斜,五官换了位置。然后是剃,刀钝,头发长,剥皮似的痛,有人喊娘,有人掉泪。小孩子没别的娱乐,就围在旁边看那丰富的表情。

我们也看那叫做屎壳郎的褐色甲虫,成双成对,一前一后,用它们的长爪推着粪球走,夫妻俩克勤克俭地过日子。"燕子低飞蛇过道,大雨定来到",令人眼花缭乱。"云向东,一阵风;风向西,披蓑衣;云向南,雨涟涟;云向北,一阵黑。"结果只顾看云。

"干冬湿年","夜晴无好天","久旱必涝、久涝必旱","久晴大雾阴、久阴大雾晴",我也依着这套循环论,跟他们一同度过大兵凶年吧?

可是小李哥又唱了,痒痒地唱:

送郎送到大门外,

伸手抓住武装带,

问郎早晚来?

哎哎哟,问郎早晚来?

赶集也是一种娱乐。

"集"是刺激消费的地方,使人忍不住想花钱,所以乡人的座右铭是"勤拾粪,少赶集,阴天下雨走亲戚"。抗战发生以后,集上多了一批关心国事的人,他们来找熟人打听消息。几个谈得来的人不约而同见了面,买一斤花生堆在地上,大家蹲下来围成一圈,一面吃花生一面交换新闻。谁下水当汉奸了,谁被谁绑了票,谁吃掉了谁多少枪支,以及国军和日军正在哪一省打仗,诸如此类。赶一趟集,顿时耳聪目明,心里敞亮了不少。

小孩子没钱花,赶来看人家花钱,听银元铜元叮当响,悠然神往。这里人人有钱,到处是钱,小孩子哪见过这么多钱?真是大开眼界。

数目最大的交易在牲口市,买牛的人和卖牛的人呼呼地抽烟,互相把手伸进对方的袖子里、操纵手指头打出密码来,讨价还价。例如,一个手指头代表一,三个手指头捏在一起就代表七,食指弯一弯代表九,"扭七别八钩子九"。就这么纹风不动地称金论银,牛牵过去,一卷花花绿绿的票子递过来,纸是最上等的纸,乡下人做衣服的布比不上它,然而纸到底是纸,怎么人人相信那纸片等于金子银子,真是不可思议。

集上也有你平时难以见到的行业。有相面的,平地挂起一块白布,布上画着好大张脸,脸上密密麻麻的黑痣,相士唾沫横飞,说得老太太呜呜哭泣。有治牙痛的,病人张开大口流着口水尽他看,看着看着掏出一条虫来。

钱可爱,有人爱钱就有人抢钱。抢钱也是专门行业,有师承,有组织,不许任意客串,只听得一声尖叫,熙来攘往的人忽然个个引领望远,紧接着是擂鼓似的脚步声。然后全集的人都能看见一个人在前面跑,三四个人在后面追,追上了,按倒在地拳打脚踢,追不上,垂头丧气地回来。不要花钱买票,老天爷导演节目给穷孩子看。

还有,教我怎么说呢,难道这也是节目吗,一群穿军服的、拿着枪的,牵着一个老百姓、大男人,牵牲口一样牵到集上来了。他们要把这个老百姓吊在树上,他的媳妇儿跪在地上磕头磕了一脸的泥,这才把倒剪双手的吊法改成两臂上举的吊法,喝一声就从商贩手里夺过一根扁担,他的老母又跪在地上磕头磕了一鼻子血,这才把扁担改成棍子。然后就是无可赦免地打将起来,那嚎叫,尽管吊得高,上天也是听不见。据说挨打的是个村长呢,唉,打狗看主人,怎不怕伤了这一村百姓的心呢!

我不常看见打人,也不常看见抢钱,倒是常听说书。一个中年人敲着小鼓说杨家将,杨家将的故事好长好长,一本连一本,由老令公开始子子孙孙出英雄,够他说一辈子。有人迷上杨家将,想把这个家族的故事听到底,听得倾家荡产也没个完。先人的恩怨可以像遗传一样由后人承接,而且世世代代突变渐变变生不测,生也有涯血海无涯,我觉得可怕。不过，如果只听一个段落，情节有它的迷人之处。

说书人生意不大好，有一次，我环顾左右，竟然只有我一个人在听。可是他不停止，他的眼睛只看本子不看人，说说唱唱两颊通红，比我还兴奋。我是不出钱的，一人独享未免问心有愧，可是我也不好意思走，走了岂不是对不起他？坐在地上七上八下。

散集了，我吹着用柳枝做成的哨子（有时是高粱叶做成的哨子，有时是葱叶做成的哨子）回来，利用赶集得到的材料编织无尽无休的幻想。在幻想中，我把那几个吊打百姓的官兵全杀了，继而一想，还是由他们打鬼子将功折罪吧。幻想才是我的基本娱乐。

草房的后面是街道，稍远有个石碾，庞然大物，用一个石轮和一道石槽组合起来，石轮在槽里滚过来、滚过去，把黄豆压扁成豆钱，谷粒去糠成小米。这一道活儿总是由大姑娘小媳妇来做，她们笑语殷殷，坐在草屋里听得见。

有时，她们结伴用碾，我站在旁边看，也算一种娱乐。有一个头上梳髻伶牙俐齿的损我："别看啦，回家教你娘给你娶媳妇儿去吧。"我一怔，众女子嘻嘻哈哈。只有一个姑娘端端正正地做事，不跟别人一起闹。有时，我跟小李哥走过碾旁，众女子都看他，这个姑娘也不看。姑娘梳一条大辫子，个子不高，脸太圆了，这种脸形，在富贵之家叫银盆脸，在乡下就叫柿饼脸。人家眼睛是眼睛，鼻子是鼻子，世上哪有这么俊的柿饼！可是小李哥也不看她。

田耕完了，小李哥在草屋里歇着，他不抽烟，当然也不看书，这就显得日长似年，心神不定。中午，四姨来喊我去吃饭，他一把拉住我："帮个忙，吃了午饭别回来。"我不求甚解，心不在焉地答应了。

午饭后，我也心不在焉地把它忘了。冒着汗，披着小褂，做梦一样朝小屋走。也没想想屋门怎么关起来，做梦一样伸手去推。门里面用棍子顶着，顶得不牢，这一推，推开门倒退了一尺，正好看见小李哥从麦秸堆里跳出来，喝问一声谁，大把大把扯下麦秸来埋一个人。我懵懵懵懂懂也没看见他埋什么。

小李哥很平静，没生我的气，也许他看见我反而放了心。他很镇静，慢慢穿好裤子。我居然走进草屋，居然在麦秸堆旁边坐下。空气不好，终于看见辫子。

我这才一下子弄明白我错了，赶紧往外跑，跑到大槐树后面躲起来，也不知要躲什么。

躲藏的人总要千方百计往外看。我看见那圆脸的女孩从草屋的方向走过来，走得慢，一身酸软寸步难移的样子。她大大方方回头察看，我又看见辫子，辫子上粘着麦秸，咳，你们怎么这样粗心大意，百密一疏！

这不苟言笑的女孩！对小李哥望也不望一眼的女孩！

我倚树而坐，没法再和他们见面，蚂蚁一只一只往我脸上爬。忽然听见："回去吃晚饭吧！"是小李哥。我动也不动，他就在我旁边坐下。

我还没有学会道歉，闭紧嘴巴，心里吃惊。想来想去总得有句话表示我跟他站在一条线上，就说："你们快结婚了吧。"

"她得去嫁有房子有地的人。"口吻平平静静，各安天命。

"那怎么行？"我抗议。

"我有个表舅，娶不到媳妇，一辈子都是跟娘儿们相好，为相好挨过打，坐过牢，给家乡的人赶出去，又给外乡人赶回来。"

有这样的人，这样的事！我没法子插嘴。

"我想当兵去。"

"八路军？"我想起他最爱唱的那些小调。

"不当八路军，也不当中央军，找个杂牌部队，好歹混个一官半职，活人的财死人的财发几笔，回来买几十亩地，盖个四合房。"

我马上想起几件事情。

军队驻进来，军官带着士兵找财主，敲门之前还仰脸端详这一家的楼。进了院子，刀枪剑戟摆开，军官升堂入室，对着那一家之主。

"老乡,你的楼太高了,妨碍我们炮兵射击,得拆掉一半。"

那财主一听,连忙满面堆笑,打躬作揖:"官长,您行个方便,把您的炮移一移,移一移……"

"移一移?那得另修炮兵阵地,上头不肯再给经费。"

"经费?我拿出来,我拿出来,您看,得多少?"

…………

在另一时间,另一地点,另一台人物演另一段情节。

军官对乡绅打开一张地图,指指点点。"我们奉命在这里挖一道战壕。"乡绅一看,我的天!这不是要挖我的祖坟吗!但是他见过一些场面,能保持镇定。让座,奉茶,点烟。

"官长,拜托您行个好,把这道线改一改,把我家祖坟让出来,您看要怎么样才做得通?"

军官很干练。"说好办也好办,说难办也难办,你得相信我。"

"我的家外强中干,长官您得高抬贵手。"

"你现在能拿多少出来,你就拿吧。"军官脸不红,气不喘,茶也不喝。

…………

那时,我们恨死那些"当兵的"。可是,我哪里想得到,他们非得这样娶不到老婆呢。

家乡人过日子省俭,惹得外人编故事。

比方说,山东人一辈子只洗三次澡,出生洗一次,结婚洗一次,死亡洗一次。这是瞎话,我们夏天也是人人洗澡,靠河住的人几乎天天下河。省俭末,不盖浴室,妇女选一个无星无月的夜,等家人邻人都睡了,站在院子里往身上浇水。冬天你得烧热水,成本高,就马虎了,只用湿巾擦一擦。

比如说,山东人平时不吃肉,买一块肉挂起来,想吃肉的时候看一眼。

第十一章 摇到外婆桥

买了肉不吃,当摆设?那块肉后来怎样了?烂了丢掉?一听就知道是瞎话。过年,买块肉挂在房门上,滴水成冰的天气,肉一时坏不了,可能多挂几天。不是不吃,是心里总在想,也许明天有客来,明天再炒再烧煮吧。省俭末!外人看见肉挂在那里,就寻咱们的开心。

且说赶集,三朋四友围在一起吃花生,吃完了,地上一堆花生壳儿。大家并不罢手,一齐伸手"淘"那堆花生壳儿,寻第二度享受,说也奇怪,吃花生是一个一个剥开、一粒一粒送进嘴里,偏偏壳儿堆里有没剥的花生和遗落的花生米。省俭末,一定吃得干干净净才甘心。花生米淘净了,人散了,自有人来收拾那堆碎壳儿,一片一片都捡起来,带回家引火烧饭,烧成了灰还要撒在堆肥上头。

为了省柴火,煮一锅饺子一共掀几次锅盖,都有讲究,因为"掀一掀,烧半天"。最后看准火候,"捂一捂",等到落了滚儿再起锅。如果随便掀锅盖,主败家。

那时乡人抽旱烟袋,长长的烟杆一端有个白铁制的小烟锅,有人点火还用火镰火石,敲敲打打挺麻烦,于是发明了"对火",方法是,正在吸烟的人把烟锅扣在需要点火的烟锅上,施者吹气,受者吸气,借个火。可是,等受者点着了烟,施者的一锅烟也消耗净尽了,所以"对火"算个交情,一锅烟也不轻看。

庄稼人相信"兴家好比针挑土",嘴里念着世代祖传的格言:"一顿省一口,一年省一斗。"他们"耕地看犁拖,吃饭看饭锅",为什么看锅?那是要看看锅里还有多少饭,算一算有几个人吃,自己碗里少盛一点。至于吃菜,"一根豆芽咬三段",最能看出节制的功夫。那一点家当,就是这样辛辛苦苦积存下来。

抗战发生,军队深入农村,而且有了游击队,这些流水似的兵并没有铁打的营房,再小的村庄也有一套班底负责接待过境的人马。有时候,队伍住在邻近的村庄,派人通知各村送饭,谓之"要给养"。一个"吃饭看饭锅"的家庭,"针挑土"积攒的东西,只好慢慢地消耗掉。庄稼人也有幽默感,说是"老鼠替猫攒着"。

好处是再也没有土匪，土匪全变成游击队。当年土匪横行，做土匪的小头目也曾是人生的一种理想，像我这般年龄的人，大都记得：

要嫁嫁个当家的，

吃香的，喝辣的，

盒子枪，夸夸的，

腰里银元哗哗的。

可以想见当年的绿林也有文宣，颇成气候。当年为了防土匪，打土匪，安抚土匪，流血流汗流银子，家家在数难逃，那时候哪有今天心安理得！

确确实实，乡巴佬都赞成抗战到底。

午间好睡，在歌声中悠悠而醒。

我翻身坐起，知道八路军来北桥小休。小李哥刚刚传给我三句话：日本鬼子抱窝，国民党吃喝，八路军唱歌。

这得解释一下。

日本军阀在中国的战场不断扩大，兵力分散，只有尽量抽调沦陷区的占领军使用。占领军不但数目减少，而且多半新兵抵充，战斗力弱，锐气尽失，每天在据点内闭关自守，像母鸡抱窝孵蛋一样。

所谓国民党吃喝，当然是指国民政府领导下的一部分部队，一般印象，这些人比较注意伙食。有些景象太突出了，例如，一群人到你家里来抓鸡，鸡疾走，高飞，大叫，抓鸡的人跟着横冲直撞。最后安静下来，地上剩下零落的羽毛和踢翻打碎的盆盆罐罐。还有，一群人上刺刀，把狗围在中间劈刺，这就更恐怖。狗肚子破了洞，肚肠流出来，钻到你床底下躲死，再拖出来，到处鲜血淋漓。

烤熟一只狗要多少葱，多少蒜，多少姜，要烧多少木柴，这对"一天省一口"的农人又是多大的刺激。农人闻香味，流眼泪，收拾狗骨头和灰烬，永远永远追忆他和那只狗的友谊。

八路军的特征是唱歌，像原始民族一样爱唱，像传教士一样热心教人家唱,到处留下歌声。

我不爱唱歌,喜欢看人家唱歌,人在唱歌的时候总是和悦婉转,坦然无猜。我走出草屋察看。

屋后路旁,石碾周围,大姑娘小媳妇有站有坐,目不转睛地望着站在他们面前的女兵,这位女同志斜背着枪,挥舞着双臂。想必是,她们没见过如此奇怪的装束吧?有人目瞪口呆,有人哧哧笑,不久,也都溶化在歌里了。

> 同胞们,细听我来讲,
> 我们的,东邻舍,有一个小东洋,
> 几十年来练兵马,东亚逞霸强,
> 一心要把中国亡。

不难学,马上学会了。

那边,槐树下,男生教男生,也有六七岁的小丫丫黏在哥哥身边。他们发现我,马上把我拉过去。

> 中国人不打中国人,
> 抗日军不打抗日军!
> 我们别给日本当开路先锋,我们要为民族解放而斗争!

这支歌太有名了,都说它挑起了西安事变,我可从来没听人唱过,也没读过整首歌词,一时有相见恨晚之感,也就心甘情愿地跟着学起来。

> 勇敢的抗日战士遍地怒号,
> 我们绝不再自煎自熬,

唱到这里,忽然觉得眼前的日子真是难煎难熬,我是像空心菜一样生长着。

歌已学会,别处走走看看,被一个人迎面挡住。一个游击队里的人,他的记性太好,我的记性太坏,觉得他很面善,忘记在哪里见过。

"原来你在这里!"他一开口,我想起来了,他不就是石涛?游击队的领袖,在黄墩见过一面。

"还没参加抗战？你知道不知道日本鬼子在做什么？"

日本鬼子在做什么，以前知道，现在真的不知道。战争只剩下一个影子了，现在是"日本人抱窝，国民党吃喝，八路军唱歌"。我是一棵空心菜，日子在煎熬我。

石涛的队伍走后，我写信回家，说我要参加抗战。父亲匆匆赶来，见过外祖母，教我收拾衣物。我问到哪里去。

父亲说："带你去抗战啊。"

第十二章 热血未流

"九一八"事变以后,某年某月某日,吾乡的那些公子少爷一个个剪成光头、换上布鞋,陡然有穷苦的模样。他们又举止仓皇,坐立不安,完全失去了平时的自信。然后,只见他们打好绑腿,扎紧皮带,在那烈日之下,广场之上,横看成列,竖看成行,立正稍息地操练起来。

原来那时日本军阀蓄意亡华,国民政府定下"寓兵于农"的政策,在各乡镇成立"乡农学校",集训当地的青年精英,以备非常。那还是"好人不当兵"的时代呢,这些养尊处优的名门子弟,个个只有应召入伍。

那时,吾乡缙绅,没有几个人料到这是时代大变革、地方大变化的征兆,只是心疼孩子受苦,单是"黎明即起"谈何容易!孩子还有刚结婚的呢,还有抽大烟的呢。也只能三更灯火五更鸡,熬好小米稀饭,蒸好猪肉包子,看着他吃饱了出门。

那时候,大家只是盼望这三个月集训快马加鞭,早完早了。

没有谁了解军事训练是什么样的训练,例如"为什么"以及"怎样"。受了训好打仗,这个道理好懂,可是那个立正姿势是个什么玩意儿?站着,永远站着,站到万念俱灰,难道也凭这一套上战场?站就站吧,可是你那教官、为什么偷偷绕到我背后、用脚猛踹我的腿弯子?可叹我双膝点地,朝着别人的屁股叩首,还得站起来再挨你的拳头?"坏爷"就以观察家的姿态发表评论:"你把蒋介石叫来,让他立正站好,我在背后踹他两脚,看他还能原地不动?"

偏偏上头派来的这位教官是兰陵人，是兰陵的穷人，出去闯荡几年，在这方面成了先进。旁观者清，事后则明，如果那时培训教官选拔种子能考虑得周详一些……

结果这些大少爷的敏感作了怪：这小子，莫非花钱活动上头派他回兰陵？莫非他仗着现官不如现管，故意羞辱咱们？莫非他要把兰陵王踩在脚底下，他好称王称霸？

军队有军队的规矩，教官是有板有眼地把这一套规矩搬过来，对他讲话要立正站好，进他的房门要先喊报告，之类等等。好吧，咱们鱼死网破，大伙儿一商量，半夜把教官从床上拉起来，一顿拳打脚踢。

事情是闹大了，他们自有父祖。上面的看法是，倘若在操场课堂对教官动粗，那要军法审判，"操场如战场"。星期天在私室争执，又当别论。这看法对少爷们有利。

教官当然要换一个。不管原来的教官有多优秀，既然地方上有这么多人反对他，那就是"人地不宜"。新教官是个好好先生，和兰陵素无瓜葛，彼此没有心病。

乡农学校毕业的那天，上头派人来检阅如仪。之后，春梦无痕，每个人又恢复了固有的生活方式。可是对日抗战发生，军事训练的作用就显出来了，受过军训的人能愤怒，而且愤怒较能持久，而且可以化为行动。这些姓王的联合起来，组织了一支游击队。

兰陵王氏组织的游击队，番号是第十二支队。父亲带我进队的时候，它已经很有规模。十二支队，没听说上头有总队，也没听说谁是第一到第十一支队，有"前不见古人，后不见来者"的感觉。

已经忘了那些村庄的名字。一路上只见拾柴的，拾粪的，搓麻绳的，抽旱烟晒太阳的（天已冷了）。没见打游击的。后来才知道那些人全是游击队员。

村中有些鸡鸣狗吠，人声不多。后来知道三分之二的人正在睡觉，他们昨夜都没睡。

第十二章　热血未流

十二支队的绰号叫王团，支队的地位等于团。司令王松和先生，也有人管他叫团长。副司令王成和先生，兼第一大队长。自此以下，王毓英先生，王毓肇先生，还有王贤和先生，全是重要人物。

对我来说，最重要的人并不是他们。我在第二大队的队部里遇见一个奇怪的人，他坐在过道里一直喝酒，酒是劣酒，有辛辣的臭味。也许在这样的地方只能买到这样的酒罢，他是"善饮者不择酒"吗，那么他的酒瘾一定大极了。

虽然颠沛造次，还是有一点排场，过道里为他摆上一张方桌、一条板凳。桌上放着一把锡酒壶，听差在旁不停地斟酒、点烟。旱烟袋的竹竿很长，自己不便点火，没有那么长的胳膊。

"过道"是四合院内外交通的孔道，他的桌子凳子稍稍有一点妨碍交通，他不管，嘴里含着烟嘴，眼睛望着空气，但是眼球不停地左右转动，神态并不安详。

父亲要我叫他"二老爷"，我叫了，他没答理。后来我知道他整天不说话，只喝酒。这到底是个什么人呢，我正纳闷，忽然听见有人发问："他那么好的家世，为什么要做汉奸？"急忙回头看，贤和七爷正陪着两个都市青年模样的来宾参观。问得坦率，也不怕喝酒的人听见。

七爷修长白皙，无尘土烟火气，固一佳公子也。他回答："他们家老太爷最佩服曾国藩，他想学曾国藩成立乡团、保护地方百姓。"

"你们是怎么逮住他的？"七爷顿了一顿，斟酌了一下，"他是投诚反正的。"

一个起义的大汉奸？我怎么觉得他不像？有这样苍白文弱的大汉奸？有把脑袋浸在酒缸里的起义英雄？

他叫什么名字？我悄悄地问父亲。父亲说，这人叫王意和，外号二秃子，住在插柳口，是进士衍公的儿子。

他是秃子？我急忙到过道里仔细察看。他并不秃，头发比一般人稀少而已。还好，衍公的儿子不能是个秃子。

然而，据说他是个酒疯子，人称"疯爷"。衍公的儿子可不可以天天醉酒？好像可以。

衍公的儿子当然不可以做汉奸。地方上，如果谁上了日本人的船，马上名扬四方，大汉奸？我不记得有个王意和。

他说："疯爷跟兰陵的日本鬼子有来往，松和大爷半夜把他捉过来。贤和七爷说他反正投诚，那是心存忠厚。懂不懂？人要厚道些。"

是，人要厚道些。何况这人对我很重要，他后来教我读唐诗。

司令部设在一间茅屋里。这间房子很大，猜不出原来做什么用的。乡下村庄的房子都很小，但游击队常有大间房屋可用，好像军队开进来把房子撑大了。

司令部用的这间房子，一半面积铺满了麦秸，做司令官等人和衣而卧的地铺，另一半面积，当门摆上一张八仙桌，左右两把太师椅，松爷——我是说司令官就在这里会客、议事、运筹帷幄。司令官的这点子排场，又比疯爷喝酒的局面大得多，那桌子椅子，简直像是松爷从他家里搬来的。

看见我，松爷很高兴，他正计划办一张油印的刊物，需要人手。他交给我的任务是：经常出去走走看看，找些可以报道的材料。我暗想，我这不是要做记者了吗，马上恨不得雀跃三尺。

决定先去赶集，我在集上见过惊心动魄的事情。这天天气晴朗，风小，赶集的人多。我顺着大路走，走出十二支队的防区，也不知是哪家的山头，只见许多农人用独轮车推着粮食，在我身旁吱呀吱呀响，如果我作文，也许会说车轮在唱歌，今年收成好，田家赶集卖了粮食准备过冬，今年的冬天很温暖，等等。

走着走着，车子走不得了，成排的独轮车停在路旁，扛着枪的人来检查。不是检查，是路心摆个大箩筐，收鞋袜费。来人扛着步枪，披着子弹带，小袄的扣子不扣，毛线打成的帽子，标准的游击队打扮。冬天到了，弟兄们还穿着破袜子破鞋，大家有钱出钱，支持抗战。掏出票子往箩筐里一丢，光天化日，大公无私。推车的人说现在没有钱，卖了粮

第十二章 热血未流

食回头再交吧,那可不行,交不出鞋袜费的人不能过关。那么,我不去赶集了,原车原路回家,那也不行,一车粮食扣在路上,你回家去拿钱。

热闹一阵,冷清了,零零落落有人赎车,车,人,渐渐稀少。

这才急急忙忙来了个庄稼汉,交了钱,问:"我的车呢,我的车呢?"在原先停车的地方团团转。扛枪的人也慌了,光知道扣车收钱,没料到有人投机发国难财。有一个人,这里本来没有他的车,他不是卖粮食的,临时见财起意,交了一笔钱,把一车粮食轻轻松松地推走了。这可怎么给人家出钱抗战的人交代。

只好报告长官。长官来了,果然不是等闲之辈,他大模大样地问了三言两语,大喝:"刁民!你想讹诈!"手指头几乎戳到人家眼珠子。人家喊冤,长官就喊打,打完了收押,等他的村长来保。

不赶集了,回司令部告诉松爷去,一面说,一面上气不接下气。松爷很认真地听,听完了,忽然微微一笑。他说这个材料不能用,你再去找。

好吧。第二天我到第一大队,他们住在另外一个村子里。大队长,也就是副司令,也就是爷,不知到哪里去了,带着警备队。警备队的配备全是好枪,包括十二支队仅有的一挺轻机枪。

他这一走,第一大队松垮垮的,队员正在聚赌。我站在旁边看了一会儿,松爷一定会说"这种材料不能用",看了白看。

我去找村长,村长伸手一指说,东边有个村子,你可以去看看。到了东边的村子,那村长又伸手一指,他说那边的村子里有堵墙,招人看。

我找到那堵墙。日本兵曾经在这堵墙下杀死七个人,某一支游击队的队长经过此处,用刺刀在墙上刻下一行大字:"我必杀死七个鬼子。"

这一支队伍走了,另一支队伍来了,队长也来看这面墙,教人把原来的字刮去,自己另外刻上:"我必杀死七十个鬼子。"这面墙成了名胜古迹，每有游击队过境必来参观，队长必用刺刀刻字，刻新字必先刮掉旧字。墙上的数字由七十人到七百人，由七百人到七千人。我来时，土墙已削成薄片，上面的笔画也似有若无了。

我猜，若有人再来刻字，墙必立刻在地上跌碎。

回到司令部，向松爷报告发现。他老人家聚精会神，听完了嘴角一动，似有笑意。

我心知不妙。果然，他又说："这个材料不能用，你再去找。"

在司令部的那个"地铺"上，并排睡着六七个人。第一个睡在外沿的，是松爷的贴身勤务兵，第二个，紧挨着勤务兵的，是松爷，然后是贤和七爷，然后，我忘记是谁了，只记得他的脸又瘦又长。

副司令成爷和他的队伍住在另一个村子上，他抽大烟，而且带着姨太太刘姐烧烟伺候，必须有单独的房屋。他的排场又超过松爷。

这些首脑人物常在深夜议事，会场就在"地铺"旁边，椅子只有两把，地铺上的人睡熟了，军事会议就在别人的鼻息声中进行。

有时候，靠墙而卧的我并未入梦，也要装做睡熟了，即使便急，也不能起床。在这装睡未睡的时候，听到了不少。

那时候，各个游击队之间貌合神离，常有"摩擦"。发明"摩擦"一词的人是个天才，用它来形容游击队的互动关系，传神之至。

有一次，某"友军"派人到十二队的"地盘"里来要给养，也就是指派老百姓送饭给他们吃。依当时的规定，他们不该越区征集，十二支队如果不制止，防区里的老百姓就有双重负担，这些老百姓就瞧不起十二支队。"友军"的这种行为就叫"制造摩擦"。

对付"越区征集"，向来是把闯入"我方"防区的人缴械扣押，通知对方领回。对方可能拒绝领人，趁机"俘虏"我方几个战士以示报复，对方也可能说对不起，我们弟兄不是故意的，上面没有教他们这样做。等你把人把枪放回去，他们又马上恶声相向，说你用土枪调换了他们的好枪，你扣下了他们的子弹，要求赔偿。这叫"发生摩擦"。

第十二章　热血未流

"摩擦"是可能生电的,是可能起火的,双方都全神贯注,心无二用,因为摩擦常常是"兼并"的序曲。

不止一次,我听见松爷宣示,他不以摩擦对摩擦,他以疏解对摩擦。大家都是中国人,而且非亲即友,脸红脖子粗已是下乘,更何堪杀人流血?

那时,游击队有的归国民党领导,有的归共产党领导,共同抗战。以国民党内部术语,沦陷区大势三分为"敌伪匪",而共产党内部术语则称之为"敌伪顽",双方的敌意很明显,"摩擦起火"的危险,也就在意料之中了。

不止一次,我听见松爷宣示,他绝对不打中国人,不但不打"匪军",也不打伪军,理由仍然是"非亲即友",他要打的是"鬼子"。"谁也别打谁,谁也别杀谁,到抗战胜利那天,大家亲朋好友一块儿庆祝。"

松爷的这番主张,成爷似乎并不赞成。我听见他说:"我们请大哥出来领导,当然听大哥的。不过——"说着说着总是有个"不过"。

老哥儿俩从没抬过杠。回想起来,他们如果好好地辩论几次,反而好些。

那时一般游击队所到之处首先推行的大建设就是布置一间牢房,备有老虎凳、杠子之类的刑具。这个有特殊设备的房间,是为"威镇四乡"准备的,半夜三更少不了鬼哭神嚎。十二支队没有这一套东西。

有时候,对松爷的理想,我也有些怀疑。

不过?

松爷兵符在握,敦亲睦邻,但是他夜探插柳口进士第,生擒了"大汉奸王意和",这人现在天天在他眼皮底下喝白干吐口水。

意和老爷是进士衍公唯一在世的儿子,每天昏饮,心中醉时胜醒。日本人想利用他,游击队想吃掉他,他还不知道处境危险。松爷呢，是衍公的侄子也是学生，现在领导兰陵王氏打游击，他不能看着衍公的哲嗣毁了。他带着衍公的嫡孙毓肇连夜探插柳口，插柳口守夜打更的人一看是他们爷儿俩，就开了寨门。

疯爷醉眼蒙眬，措手不及，但也别小看了他。进士第房子多，他在枪兵监视下走过一个门又一个门，冷不防以出人意料的敏捷抢到一支步枪，一个箭步进了屋子。

谁也没想到他往屋子里头跑。屋子里有一张很大的方桌，他跑到方桌后头，枪口对着房门，哗啦一声子弹上膛，这才知道他也会使枪。这间房子呈长方形，疯爷雄踞一角，以方桌为防御工事，枪口对准门口。疯爷有了据点，开始大骂他的侄子，他们叔侄一向不合。松爷、成爷、瑛叔，轮流隔着窗子劝，再好的口才也没有用。疯爷不疯，他知道只要撑到天亮，他就胜利了。

双方相持到鸡叫，松爷知道不能再拖。插柳口离兰陵镇只有三里路，村中难保没有日本人的眼线，一旦消息走漏，日本军来个拂晓攻击，恐怕大家难以脱身。于是松爷——谁教他是大哥呢，谁教他是司令官呢？——挺身进屋，走到方桌对面，肚子抵住枪口。两个人眼睛对眼睛。松爷说："劝你劝了半夜，你都听见了，现在只有两句话，要就是你开枪，要就是你跟着我们走。"

子弹在枪膛里。疯爷的手指头在扳机上。如果他真是个酒疯子，如果他的食指再弯一弯……枪是新式的中正式，子弹每一颗都光洁无锈，一定不会哑火，那就难以收拾了、难以收拾了！

疯爷对着松爷看了又看，慢慢地松了手，他把步枪轻轻地放在桌上，颓然坐下，叫着听差的名字，大喊："拿酒来！"

好说歹说，他还是坐在那里喝了一壶酒。

残月三星，疯爷束装就道，进士第的自卫武力也大半跟着去了，这些人枪当然归疯爷的侄子调度。二奶奶——疯爷的夫人——嚎啕大哭，她不懂政治，度量着侄子串通某些人夺财。原来进士衍公有个哥哥，中过秀才，没有子嗣，遗产也归疯爷继承。疯爷是衍公在京做官时

第十二章 热血未流

和侍妾所生,衍公辞官,把小星打发了,只带着儿子回家。疯爷的背景如此,不免受些歧视。二奶奶把问题放进这个框框里看,也没个人能开导。

第二天,兰陵的日本驻军开到插柳口,有人有马。那小队长问长问短,村人只好说是夜来土匪绑票。小队长说,他可以负责筹措赎款,又建议二奶奶带着孩子搬到兰陵暂住,由他保护。村人不免虚与委蛇一番。

松爷"破"插柳口,用心在保全衍公的后裔,而且未发一弹,符合他的一贯哲学,疯爷后来也能体会。

不过……

后来疯爷回到进士第,不见宾客,有个瘦长脸的老头儿,来陪他喝过酒。这人当初在十二支队司令部和我们睡"通铺",知道一些内幕。他告诉疯爷,十二支队申报战功,公文上写的是攻破日军据点插柳口,逮捕"汉奸领袖"王意和。这人用恭维的语气说:"你是福大命大,这顶汉奸领袖的大帽子,岂是平常人顶得住的?要是上头来一道命令,教十二队把这个汉奸领袖就地正法,那怎么办?或者上头说,你把这汉奸领袖押解到这里来审判,那又怎么办?还好,吉人天相,阿弥陀佛!"

疯爷一听,眼珠子鼓出来,眼球上有粒红斑发亮。他默然痛饮,等到有了七分醉意,忽然拍桌大骂王松和。

那人吓坏了,一溜烟告辞,没敢再来。

十二支队经常南北游动,北方活动空间大,到过山区。有一次,不知为什么,正副司令兵分两路,一南一北。副司令回师归队的时候,途中碰上小股日军,互相射击一番,虽然没有斩获,到底是跟敌人打了一仗,可以列为光荣纪录。

副司令成爷颇有凯旋而归的声势,留在司令松爷身边的官兵,全体整队行军到五里以外接应,只有司令一人未去,整个村子好像空了一般,很静。我看松爷一人坐在椅子上,一只手放在方桌上,像等着照相。他好孤单,我决定留下陪他。

回想起来,他是应该去接成爷的,成爷好歹是打了仗回来,松爷熟读经史,当然知道皇帝如何礼遇凯旋的将军,可是他老人家竟然没去。至于我不去,那就更没有道理了,简直莫名其妙。

那天我悄悄地看了松爷的脸。人家都说松爷的相有福有贵,因为他脸圆肉厚,面黑带润,口鼻周正,可惜眼睛小,脖子短,不能十全。我仔细核对他的脸,别人说的一点也不差。

松爷坐在那里,倒有"不动如山"的将风。他是读书人,不识干戈,使我想起中国历史上文官带兵的传统。我那时已熟读《论语》,读到"温而厉、威而不猛、恭而安"的时候心中暗想怎么可能,两种矛盾的气质怎么在一个人身上兼备而且调和,那天从松爷身上发现可能,一定可能。

成爷在众人簇拥下来到司令部,和松爷谈了几分钟,急忙赶回自己的驻地去喷云吐雾。夜晚,他老人家过足烟瘾,再来跟松爷诸人细说一切,说着说着声音高起来,把我从梦中惊醒。我侧身面壁,听得见,看不见,也不敢看。

好像是,他们在谈过年发饷的事,游击队没有固定薪金,中秋节每人发了两块银元,眼看要过年了,弟兄们等着。

可是成爷说,中秋节并没有发饷,大哥记错了。

松爷说,每人两块钱,已经开支了,难道是我喝兵血?

成爷说,大哥事情多,大哥忘了。

十二支队虽然受政府节制指挥,政府没有一文钱一颗子弹给它,钱是兰陵王氏大户人家凑出来的。松爷觉得兹事体大,不能含糊,就朝着贤和七爷问:"老七,你说,过中秋是不是每人发了两块大头?"

七爷说,是发了两块大头。

不料这句话惹出极大的风波,我听见精致的机件摩擦、互撞的声音,犹如裂帛。我知道那是自来得手枪子弹上膛。这种手枪装在木盒

第十二章 热血未流

子里,可以连发,俗称盒子炮。成爷有几把新得发蓝的盒子炮,性能极佳,人所共知。

"你想跟我作对?"我什么也看不见,只能从愤怒的声音想象表情和手势。

屋子里什么声音也没有。一种紧张的寂静。我在等松爷说话,可是他一个字也没说。最后还是七爷的声音:"我得罪了大哥,我给大哥磕头。"这个"大哥"是指成爷。七爷可能磕了头,但是他并未推翻自己的证词。

我紧紧贴在墙上,恨不得把自己嵌入墙里。还好,成爷没有继续进逼。可是他已经伤了许多人的心,包括我父亲。

第二天,七爷对松爷说,他这次离家日久,有些牵挂,打算回去看看。他说得平平淡淡,松爷也平平淡淡接下去:"你早去早回吧,这里少不了你。"我们都知道七爷是不会回来了。

然后,父亲把我送到队上,跟弟兄们同吃同住,他说:"你先在这里住几天。"我知道,我再也不能睡司令部的大地铺了。松爷支开我,是怕我发现"不能用"的材料,可是这样一来,我连能用的材料也无法得到了。

在队上,我的顶头上司是毓肇叔,他说:"别的事不要你干,你在村子里到处走走看看,看到什么事情马上告诉我。"

村子里还能有什么事情? 这村庄已经是游击队的了,老百姓不过是布景和附件。

还是看到一些事。大早晨,一个老太太,左手拄着拐杖,右手提着一罐清水,瓦罐很小很小。早晨是家家户户挑水的时候,老太太没力气,只能站在井口央求别人顺便替她提上小小一罐水来,瓦罐太小,看上去好像老太太在打油。

虽然瓦罐很小,老太太的步履仍然有些艰难,我就上前一步把水接过来替她提着。她端详我,"以前没见过你,你是八路军吧?"

不知怎么，我受到很大的刺激，内心震动。连这么一件小事也得八路军才做得出来，十二支队还能混得下去吗？

我闷闷不乐，送老太太到家，又看见另一件事情。

一群农民挑着担子给十二支队"送给养"。游击队每天两餐，第一餐大约在上午十点，由防区内的居民把饭做好送来。来送给养的都是妇女和老翁，穿着布满补丁和污渍的棉衣，挑着瓦罐，呵着蒸气，景象有些凄惨。

这些人把盛给养的瓦罐一字排开，在寒风中瑟缩而立，由我一个叔字辈的人检查。他先从排头到排尾扫瞄了，然后从排尾到排头一个一个把瓦罐踢翻，热腾腾的高粱地瓜稀饭流了一地。

他认为，"送给养"送来这样粗粝的食物，是对十二支队的侮辱。他把那一排低头缩颈的人大骂一顿，再抓过一支步枪，用枪托把瓦罐一个一个捣破。

他严厉地吩咐，限中午把新的给养送到。他走了，我站在原地继续看，看那一群垂头丧气的人把地上的地瓜捡起来，用瓦罐的破片盛好，郑重其事地端着回家。

我觉得我有许多话要说。我对毓肇叔说，老百姓很穷、很苦。我说，有些游击队帮老百姓挑水推磨呢。毓肇叔是个短小精悍的人，脸形窄长，于是，我觉得他像一把刀对我迎面劈来。他指着我："小八路！你这个小八路！你不去当八路，在我们这里干什么？"

我不知所措，他愤愤而去。不久，副司令成爷的护兵来找我。

成爷侧卧在一张方形的土炕上，面对着一盏烟灯，烟灯是放在烟盘上，烟盘旁边摆一把瓷制的茶壶。刘姐隔着烟灯，和成爷相向而卧，手执烟签，从烟缸里挑起烟膏，在灯火上烧烟。

烟灯，烟盘，烟签，以及吸烟用的烟枪，质料和制作有种种考究，烧烟更是专门的技术。烟膏平时是硬的，用灯火烧烤时它是软的，甚至是可以流动可以燃烧的，所以烧烟讲究火候。不用说，刘姐是此中妙手。

第十二章 热血未流

刘姐把烤成枣核形的烟膏插在烟壶上,双手把烟枪送到成爷嘴边,成爷把烟膏对准灯火,呼呼呼风生云起,异香满室,一口气吸个干净。然后抓起茶壶,来一口酽酽的龙井,然后仰天而卧,四肢舒展,吐气如呵。

然后,他和我说话。抽大烟的人非到这一套程序完成是不肯兼顾另外一件事的。

"大孙子,"他叫我,"《古文观止》里有一篇《辨奸论》,你读过没有?"

我读过。

"《辨奸论》里有一句话说,'凡事之不近人情者,鲜不为大奸慝',这句话你还记得?"

我还记得。

"那就好。你想,当兵的怎么去给老百姓推磨呢?怎么去给老百姓挑水呢?这不近人情!不近人情!"

他又喝了一口茶。

"大孙子,你别以为这些老百姓真穷,他们不是穷,是省!是省俭的省!他们不是穷人,咱爷们才是穷人,咱们是卖地的,他们是买地的,咱们的田地最后都卖到他们手里!"

说着,姨太太已把第二口烟烧好,副司令侧身过去再狂吸一阵。喝过茶,他忽然坐起来。

这可吓我一跳,抽大烟的人轻易不坐起来跟别人交谈,而我是晚他两辈的小孩子。他一坐起来,整张脸浴在从门口射进来的天光里了,他一向营养好而又少运动,所以这张脸很大,很肥,惨白,他那有名的一对眼睛,大,圆,凸出,乡人说是鱼眼露睛的,也特别明显了。

我几乎要哀求他躺下去。

"说到扰民,还不是为了抗战?抗战还能不扰民?蒋委员长说有钱出钱有力出力,这句话就是教我们扰民。十二支队的这些枪,这些子弹,都是咱姓王的爷们自己买的,咱们是卖了房子卖了田地来打游击的，要说扰民，咱们先把自己扰够了。咱们十二支队，不过一天吃老百姓两顿高粱煎饼罢了！"

他说到最后一句，用巴掌猛拍一下大腿。

他该吸第三口烟了。

童谣儿歌有时能激起大风大浪，例如：

  天昏昏，地昏昏，满地都是抗日军，
  日本鬼子他不打，专门踢蹬庄户孙。

"踢蹬"的意思是作践、糟蹋，"庄户孙"就是种庄稼的人，"孙"指地位低下，一切听从"爷爷"。

十二支队的那些爷爷叔叔研究了半天：这歌谣是什么人做出来的？那时八路军主领文宣，这歌谣显然不是出于他们之手，它把所有的游击队都骂了，没说烂筐子里有一个好桃。

  要人多，韩志隆。要打仗，孙业洪。
  要吃馒头李子瀛。八路军，捣蛋的。
  十二支队逃难的，××支队讨饭的。

这回是点着名评论，只肯定了一个孙业洪。这歌谣又是谁做的呢？是孙的幕僚呢，还是恰值孙业洪刚刚跟鬼子打过一仗，适时左右了作者的心情呢？

司令官沉默了很久。对第一首歌谣，他一笑置之，对这第二首，他觉得难堪。十二支队逃难的，天地间竟没个人了解他的苦心！尤其是，这歌谣传诵了几天之后，出现了新版本，第四句改成"八路军，抗战的"，以后再无变化，从此定稿。下面连接着第五句"十二支队逃难的"，对照十分强烈。十二支队的叔叔爷爷们都受了些刺激，只有"汉奸领袖"疯爷坐在司令部大门底下饮酒如旧，坦然展览自己。

拼一场，必须跟鬼子轰轰烈烈拼一场，十二支队才抬得起头来。爷爷叔叔们如是说。

我们从司令官的勤务兵口中听到许多消息。勤务兵经常到队上来

第十二章　热血未流

聊天，他在司令部没有说话的份儿，很需要听众。

沸腾一腔热血容易，等到真要拼命，才发现艰难。鬼子的习惯是，哪个村子朝着我放枪，我就把整个村子放火烧掉。烧得好，焦土抗战么！可是司令官说不好，他要找这么一个地方做战场：打完了仗，日军没法拿老百姓出气。于是选择作战地点是第一个难题。

即使找到了合乎理想的战场，十二支队能不能开到那里去作战呢？广大的乡村早已为各种品牌的游击队割据，人家当然要想一想，你到底是来打鬼子，还是来抢地盘？人家防你，你也防人家，十二支队也得想一想，一仗打下来，筋疲力尽，别人会不会乘人之危，趁火打劫呢？这种事，以前是发生过的啊。

最后，据说，地点找到了。当然，到底在哪里，我们不知道，只见一瓶一瓶的生发油发下来，人人擦枪擦子弹，盒子炮的子弹绰号花生米，所有的花生米不但擦出令人馋涎欲滴的色泽，还一颗一颗用戥子称，把重量不合标准的子弹淘汰下来。

还有，据说，司令官写了遗书，用他那得到衍公真传的行书，写好了，交给我父亲保管，遗书说什么，我父亲自然不能偷看。副司令得到了消息，也急忙赶到司令部来，叫着我父亲的名字说："华池，我多年不提笔了，你替我写吧，就说我幼承祖荫，耕读传家……"究竟写了些什么，我父亲自然也不肯告诉别人。

那些弟兄，那些小队分队，都有人摩拳擦掌，复诵他们代代承传的战争哲学："该死屁朝上，不死翻过来。"

然后是行军，朝南走，宿过几个村子。

然后发生了一些意外。

最后宿营的这个村子，地势高，副司令看了很喜欢，但村东村北一片平川，他皱了一下眉头。

他派出哨兵。然后，他整夜抽大烟，疯爷整夜喝酒，司令官中宵独坐沉思，一切如常。

当然也派出谍报员出入日军的据点，和潜伏在汉奸部队里的谍报员联络，打听日军有没有出动的迹象。

保安大队没有接到准备出动的命令。日军营地静悄悄的，没有多余的声音，也没有多余的灯火。

真令人料想不到，十二支队宿营的村子里，却有一只猫头鹰咯咯地笑起来，把夜笑得更白。全村的狗随之狂吠。

疯爷听见这凶恶怪异的声音，立刻命人取一副骨牌来。他推开酒壶洗牌，骨牌的背面向上，整副牌看列成乌龟的形状，再按照规定的程序一张一张地翻开。

这是占卜的一种方式。他一连推演三次，三次都顺利过关，于是推开骨牌，继续喝酒。

副司令和疯爷同时听见枭啼，他的反应是立刻加派了一组游动哨，在村北村东警戒。然后，他继续抽烟。

司令官已经睡了，闻声披衣而起，到户外走了一趟，回来正襟危坐，临危不乱的样子。

这时，我敢说，十二支队每一个人都醒了，他们在枕上听见村东村北同时打响的枪声。我敢说，他们不是被枪声惊醒，是被枭声惊醒，所以，他们多得到一分半分时间。

十二支队这时慌成一团。还好，都还扎紧了子弹袋、握紧了枪，都还知道等待命令。枪声中，副司令大摇大摆走过来。他老人家太胖了，用八字脚走路，肚皮前挺，上身后仰，两臂只能当翅膀用，想不摇摆也不行。

他对司令官说："大哥，你先走，我有马。"

他转身伸手向西一指："一二三队警备队，拔好枪，止！"

十二支队共有三个大队，每一大队都有一部分新枪、快枪，也有一部分旧枪、土枪。警备队没有土枪，但是有一部分短枪，短枪只能近战，不算"好枪"。这四队武力中的"好枪"有一个特别的编组，准备一旦情况紧急集中火力战斗，所谓"拔好枪"，就是动员这个特别的编组。至于"止",它是当时游击队用的术语,意思就是制止敌人前进。

旋即听见十二支队唯一的一挺中正式轻机枪突突点放。

情况和日军的假想不同。日军是训练之师,在这种情况下不会盲进,指挥官需要一点时间重估敌情。这点时间足够十二支队撤退之用,他们向南急走,日军不敢追击,追击不在作战计划之内。

当人人南奔的时候,独有疯爷盼咐跟班向北。跟班的大惊,问主人何往,疯爷轻轻松松地说:"咱们回家!"叨天之幸,十二支队全师而退,唯一的损失是走脱了一位有"汉奸领袖"之称的高级俘虏。

若说还有损失,那就是,副司令忘了收拾他那一套名贵的烟具。

不,损失不只这些。经此一役,司令官主动打鬼子的计划向后推延,直到十二支队北调入山,司令官辞职隐居,没能付诸实行。

第十三章 插柳学诗

日本以杀人盈野得土，不能以杀人盈城治民，笨手笨脚地做了些"宣抚"的工作，例如巡回放映电影，定期作医疗服务，平时日兵外出不再佩带刺刀，对在外酗酒闹事的日兵加以处罚等等。如此，兰陵又逐渐成为人烟稠密的大镇。

逃难才发现我家亲戚真多，处处有地方落脚。但是抗战长夜漫漫，母亲带着两个孩子望着兰陵游牧，渐渐撑不下去。游击队互相碰撞，咬啃，由拔毛到摩踵，十二支队无声无臭解体消失。那些爷们叔们黯然还里，抗战必胜的信念依然在，但是只能先作顺民，且盼且等。

我们回家以后，插柳口的疯爷派人来请父亲一谈。疯爷管理进士第，要应付各式各样的人，有些来客，你若交给看家的护院的去接待，对方会觉得受到藐视；如果疯爷亲自出面，又可能缺少转圜的余地。他希望我父亲能在中间缓冲一下，父亲和疯爷血缘甚远，但外人看来总是疯爷的侄子，代表性大一些。

疯爷有两位女公子，都是正该读书的年龄，疯爷不愿意送她们进兰陵小学，议定由父亲教她们论孟。父亲在进士第正式的职称该是家教，也就是"西宾"。

那时我已失学日久，父亲对我的教育问题甚为忧愁。他老人家认为我不受教育就没有谋生的能力，我没有谋生的能力就无法接棒照顾下面的弟弟妹妹，所谓儿孙自有儿孙福，只能在父母力所不及之时用来强自宽解。所以父亲立刻答应疯爷的邀约，待遇厚薄在所不计，但是他希望疯爷也花费工夫教我一些功课。

"我只能教他唐诗。"疯爷说,"教他住到我家里来,我早晚空闲的时候指点指点他。"

父亲有一独到的见解,认为疯爷根本不疯。疯爷之沉湎于酒,胡言乱语,乃是身处乱世、效古人佯狂避祸。疯爷或不能继承家学,可是郑康成家的牛识字,张天师的狗能腾云驾雾,疯爷是进士衍公的爱子,受衍公亲口调教,肚子里一定有些东西。

至于那个"汉奸领袖"的头衔是怎么回事?那是日军入据兰陵的第一年,看见高粱越长越高,就下令把公路两旁、步枪射程以内、所有的高粱一律砍掉。吾乡那时每两年有三季收成,同一块田,先种小麦再种黄豆,收两次,可是年来就只能种一次高粱、收一次,砍掉高粱,许多田家全年的收益就落空了。那时兰陵的社会秩序尚未恢复,乡人苦无管道可以请命,怂恿疯爷出面。这位二少爷世故阅历究竟不深,慨然亲赴"大日本警备队"陈说一番,要求把命令改成明年不许在公路两旁种植高粱。日本正要网罗士绅,对疯爷颇为客气,高粱可以不砍,但是要疯爷负责护路。疯爷在形式上组织了护路队,暗中派人向各路抗日人马游说,请他们务必高抬贵手,一切军事行动延至高粱收成以后。

幸而平安无事,但功过难有定论。有人劝疯爷:抗战不惜焦土,几棵高粱又算什么。疯爷反问:焦土以后,谁给游击队送给养?依游击战的理论,游击队是鱼,老百姓是水,鱼在一片焦土上能活多久?高粱收成时,有人到进士第放鞭炮,也有人扬言到进士第丢个炸弹,眼看出头的椽子要烂。十二支队这才夜袭插柳口,釜底抽薪。

疯爷重来,日军已把当地的行政组织和保安系统建立完成,疯爷这才以无用之身摆脱日人的纠缠。"大日本警备队"的翻译官告诉他,在日人的档案里,他是"游击队领袖"。疯爷啼笑皆非。游击队说他是汉奸领袖,日本人又说他是游击队领袖,他成了照镜子的猪八戒。若是把"汉奸"和"游击队"存而不论,剩下两个"领袖",又未尝不可以自我陶醉一番。

我觉得疯爷此人有些可爱，欣然跟着父亲去见他。

兰陵西郊有一道高垄，志书称之为温岭，据说兰陵因此得名。

进士第建造在温岭北面的大平原上，温岭的地势未尽，潜入地下，伏脉百里，再起山峦，据说风水极好。进士公和他的哥哥秀才公在此建造宅第，自是经过一番选择。这地方原有几户人家，两条道路，俗名岔路口。进士第遍植垂柳，改名插柳口。插柳成阴，其中应该也有寓意。

建造进士第所用的青砖，据说是特别订制的，整齐坚固。动工前两年先买下木材，等它充分干燥，不致弯曲变形。整个建筑追求朴实谦和，含蓄谨慎，让人看了心定气平。

但是，这一切深谋远虑都无法面对战争。日本军队来了，未到插柳口之前，先朝进士第开了一炮，进驻插柳口之后，在老进士书房喂马，临走放一把野火，留下半片废墟，把进士公气得撒手西归。

我来进士第时，先走过一座小桥，再来到一片广场，广场之南是一个大水塘，乡人管这种水塘叫"汪"。汪的四周全是柳树，长条摆来拂去，和进士第南北相对。

进士第的金匾仍在，但大门已用砖封死，大门左边加盖了一片草房，辟有侧门，由此出入。里面是一进又一进四合房。主房正厅叫"拙笑轩"，被日军的炮弹击中，断砖破瓦中还能看见"拙笑"两个大字。衍公治印的房间叫"木石居"，屋顶烧毁，残灰犹在，不见一木一石。疯爷的书房叫"壮回堂"，连个残迹也找不到。

当年造屋，屋顶全凭木材架构，转眼可以烧光，承受屋顶的四面墙却依然棱角整齐，墙面粉刷的泥灰也不脱落，这是建屋工料考究，为子孙后代立业。虽然有一半的房屋焚毁了，但是这些墙壁作成的框架屹立，使人仍然能感觉到进士第的气派，尤其夜静月明，我几乎产生时代错觉，以为进士第犹在当年鸠工建造之中，天晓以后，有大批工匠来，为这些未完成的房屋继续施工。

自乾隆以下，兰陵王氏出了五位进士，衍公在光绪戊戌科得中"赐同进士出身"第三甲第一名，是兰陵最后一位进士。衍公奉任命在吏部做官，发现了政风的败坏。庚子之役，北京被八国联军攻陷，衍公没有追随慈禧一同逃难，趁此机会带着庶出的疯爷返回故里隐居，从此绝意仕进。

光绪戊戌是一八九八年，衍公中进士，庚子之变是一九〇〇年，衍公还里，疯爷是在这两三年间出生。我一九四一年来插柳口受教，疯爷大概四十岁。

我到他家里来念唐诗。在这四围荒乱破败中，疯爷撒下手里的种子。

居家的疯爷和在十二支队的疯爷判若两人，他反应很快，很坦率。

他说："你写几个大字给我看看。"

我写了"柳絮因风起"五个字。他告诉父亲："教他写九成宫吧。"

他想了一想，"除了写欧，还可以写写八分。"他断定我的楷书难以出色，习八分以为救济，将来有人找我写字，可以用八分应付。"八分接近楷书，比楷书容易藏拙。"

习字，他老人家规定要悬肘、用中锋，而且握管要牢，别人无法从你手里把笔抽去。这个姿势很苦，几天下来，手指麻木，肩臂后颈都酸痛。我很纳闷，疯爷处处不拘小节，何以有"坐科"、"穿小鞋"式的书法教育。后来他说，中锋和悬肘始能训练出大书法家来，他的老太爷就是这样教他的。

习字的课程既定，接着选诗。最流行的本子《唐诗三百首》为他老人家所不取，他指定念《古唐诗合解》。诗必盛唐，不必费辞，与古诗合读是明其源流大势。《合解》和《三百首》有一个很大的分别，元微之的《悼亡》、李商隐的《无题》、白居易的《长恨歌》都没有选，倒是"应制"、"奉和"的作品收了不少。疯爷是性情中人，授诗却如此之有欠"浪漫"，也出乎我的意料。后来他说，感伤、纤巧难成大器,他家老太爷也是这么教他的。

课程安排妥当,疯爷对我父亲说,最好的老师当然是他家老太爷,他自问不够资格,无奈别人比他更差劲儿。这孩子(指我)也只有认命了!——依当时乡人的清议,这话就是疯话。

那时物力艰难,我们拿搓绳子用的苘麻扎成刷子,再修剪成笔,蘸了清水,在方砖上写大字,斗大的字,上午写三百个,下午再写三百个。 疯爷强调大字重要,大字写得好,小字才会好。我用毛边纸写手掌大的字,写一张又一张,在字里行间写小字,由龙眼到蝇头,大大小小,不计其数。

教会请我用大楷恭录经文,供主日礼拜时全场朗诵之用,经文用白话译成。疯爷看见了,立刻有意见,他说练字必须写文言文,而且要极好的文言文,习字才会进步。若是他发现我有一丁点儿进步,就特准我使用他的宣纸,以示鼓励,那时,在家乡,宣纸是珍贵的东西。他说,毛笔字要写在宣纸上才好看。

那时,在进士第,只能以客厅一角做我的书房,有时疯爷一面会客一面监察我的功课,每见我习字出现败笔,就从旁提醒:"用中锋,用中锋!"有一次,一位客人为我缓颊,从旁说:"苏东坡写字不用中锋。"疯爷立刻说:"苏东坡怎么能学!"又一次,客人指出黄山谷写字不悬肘,疯爷也急忙说:"黄山谷怎么能学!"

虽然疯爷看出我天资平庸,对我仍然一片培植之心。那时吾乡,写春联是一年大事,疯爷居然要我写进士第全部春联。我吓慌了。他亲自指导我,完成以后,我自己觉得长大了不少。回想起来,他是要我增加阅历,提高信心。疯爷果然不疯。

学书,黄山谷不能学,苏东坡不能学;学诗,袁子才不能学,吴梅村也不能学。那时我迷上吴梅村,王渔洋、黄仲则,苏曼殊,从外面带些"杂书"回来偷看,有一天给疯爷逮住了。他拉长了脸说:"这个不行的,大大的不行的。"这句话是日式华语,当时占领华北的日人挂在嘴边，中国人学来当笑话。他老人家这么说，可能是为了冲淡语气中的严厉。

疯爷所立的原则高峻之至，可是另一方面他又相当马虎。读诗，有些句子不懂怎么办？他说看小注，看了小注仍然不懂呢？那就由他去！有一次，我不懂"座无尼父为师少，家有元方作弟难"，请他解释，他说："这还用解释吗，尼父显然是个了不起的老师，元方显然是一个了不起的哥哥！"后来他虽然补充了几句，告诉我尼父是孔子，元方是陈元方，但他认为这些并不重要。

说他不求甚解吧，他又把一句诗分析得十分精微。我背诵杜甫咏昭君的一首七律，恰巧被他听见。我说，"千山万壑赴荆门"，他说，"不对，你会把杜甫气死。"我急忙打开书本查看，书上印的是"群山万壑"。你想想吧，所谓群山，不过十座山八座山，十座山而有万壑，平均一山千壑，可见山是大山、高山、深山，很有气势。倘若是千山万壑，一山只有十壑，山就小了，零碎了，气势就不同了。

他老人家解诗，总是把深奥的诗句弄得很简明，又把浅显的句子弄得很复杂。"行去已无沽酒店，宿处多傍钓鱼船"，这两句诗并不难懂，已无沽酒店，表示没有商店市集，多傍钓鱼船，表示没有房屋人家，一番荒凉景象。可是他老人家说，"行去已无沽酒店"是无计忘忧，"宿处多傍钓鱼船"是到处有费尽心机争功攘利的人。那么诗人旅途上的实际景况如何？到底有没有沽酒店、钓鱼船？他说，这两句诗好就好在写的是实景，不是勉强编造出来。他说杜甫回到残破的家乡，见"老妻画纸为棋局，稚子敲针作钓钩"，也是实景，也写出另外的东西，画棋局，表示老一辈将世事看淡看破，作钓钩，表示年轻人的心态正好相反。

还有一次，我念"花近高楼伤客心"，他走过来听见了，问："花近高楼为什么伤客心？"我瞠目不知所对。他教我念下一句，下一句是"万方多难此登临"，他忽然兴奋，连说："这就对了！这就对了！"他说，若按常理陈述，乃是"万方多难伤客心，花近高楼此登临"，老杜调动了一下。

为什么要调动？是不是为了平仄？"平仄算什么！"抽完一锅烟，经过一番沉吟，他指出，"花近高楼此登临"全句是实，为小境界，"万方多难伤客心"全句是虚，为大境界，一句太重，一句太轻。调重之后，每一句都半实半虚，两句诗彼此互相呼应，这就有了起伏也有了气势，这才是诗。

疯爷常指名批评同时代的诗人，说某人只能算个"韵人"，韵人是押韵的人，那种人做出来的诗只能称之为"韵语"。等而下之，某人做出来的东西只是"签语"，那种人也自称诗人，其实是庙里管抽签的道士。当然，被他批评的人会说，"他又发酒疯了！"

疯爷事先说过，他不照课程表授课，他只即兴指点，而他来去飘忽，每每留下奇想妙语。例如，我念"僧言佛壁古画好，以火来照所见稀"，他正好走过来，插入一句："他是近视眼！"我念"欲回天地入扁舟"，只听得笑声中一句："他晕船！"我念"海日生残夜，江春入旧年"，他说，这两句诗极好，可惜用了个"残"字，很刺眼，受了这个字的连累，不如"云霞出海曙，梅柳渡江春"风行。

疯爷兴致勃勃地教我作诗，等我记熟了"平平仄仄平仄平"，等我能分辨一东二冬，等我知道"天对地、雨对风"，就开始试作。

我的第一首作业并不是律绝，而是仿照古风的写法，把插柳口进士第描写了一番：

绿柳千条不见鸦，春江水暖燕子斜。小桥过后有人家。
西垄地脉迤逦来，华堂广厦倚势开。熏风阵阵拂长阶。
麦浪卷地地连天，汪洋万顷一楼船。垂柳如帘掩映间……

疯爷仔细看了，表示"华堂广厦倚势开"一句不好，他尤其不喜那个"势"字。进士第高耸沃野之中，麦田一望无际，"麦浪卷地地连天，汪洋万顷一楼船"本是实际情形，可是疯爷不喜欢这个比喻，连问："你怎么想到海船？"他更指出不该用"卷"字。

回想起来，言为心声，我反映了对生活对前途的不安定感，而疯爷的品位倾向"云霞出海曙"，排斥"海日生残夜"。不过那时疯爷只是淡淡地说："你现在写古风，太早了。"

进士第后面种了很多柿树，秋天树叶变红，引人心惊，我常在林中胡思乱想。有一天要交作业，就拿来写了：

不种松林种柿林，秋来先有岁寒心。

律绝限制多，像赤足在碎石路上行走，处处都是障碍，我只得两句，下面再也做不出来。这两句，疯爷也不以为然。冬天还远，柿树就用红叶发出警报，见机很早，然而还是站在那里把叶子掉光了。这一点"诗思"，疯爷毫不客气地指出"太薄"、"无福"。

我这才知道，作诗之难，并不仅仅是声律问题。

一天，我写了一幅字，自己觉得不错，就贴在桌旁壁上，这幅字写的是一首唐诗：

秦时明月汉时关，万里长征人未还。
但使龙城飞将在，不教胡马度阴山。

疯爷本来不注意，客人提醒他，如果日本人来了，看见这样一首诗贴在这里，可能曲解为宣传反日。这种话有人说出来，疯爷当然宁可信其有，命我立刻撕下来烧掉。这是我第一次触及诗的政治禁忌。

接着我读到戴名世的《南山集》，当然要瞒着疯爷。这本书用新式的铅字印刷，书前有人写序，细述戴名世怎样因文字死于大狱，我才悚然知道文字有这么多这么大的风险。

等我知道"清风不识字，何必乱翻书"、"夺朱非正色，异种也称王"足以抄家灭门时，我学诗的念头一度完全消沉下去了。

兰陵有位潘子皋先生，是疯爷的诗友。潘太太朱凤瑞女士在兰陵小学教书，是我们的老师，因此，我们对潘先生也事以师礼。

潘氏夫妇原籍山东济宁，因争取婚姻自由出走。据说他央松爷（王松和）介绍，把自己写的字寄给衍公看，由衍公通信指点。后来，潘要求拜衍公为师,穿短衣、背书箱来插柳口,见到衍公,立即跪下行了大礼。

潘先生由是在兰陵定居。回想起来,潘氏很懂得怎样在异乡生存,他攀上当地一位大老,该地的少壮精英全成了平辈,"人离乡贵",的确是一着高棋。潘太太矮矮胖胖,和和气气,外表憨厚而内心精明,更是具备了做异乡人的条件,给丈夫很大的帮助。

潘先生在吾乡算是"生有异相",他的脸形瘦长,宽额,尖下巴,鼻梁挺直,皮肤在白润中隐隐泛青,加上身高臂长,露筋露骨,一见之下,可以判定他不是农人,不是商人,也不是军人。还有,他不是本地人。他,也许是天生的文人、诗人、艺人吧?他,也许正合做一个清客。

潘老师的见识高,他尊衍公而习唐隶,示不同流俗。他出入高明之家而挂牌作中医,示不寄食。他在最热闹的"大街口"有两间门面,整日镇坐,客人比病人多,写字比处方多,当时局势复杂,敌伪匪顽都向他伸出触角。他不动声色,写核桃大的行草养气,一张纸比桌布还大,信手挥洒密密麻麻。仔细看,主张抗战的人来了他就写"干城同抱寸心赤",主张和平的人来了他就把纸张换一个角落,写汪精卫的"经霜乔木百年心",鬼子兵来东张西望,他也即兴写"武运长久",等鬼子兵走了再撕下来点火。

我在疯爷和潘师之间做"诗使",往返传递稿件。当兰陵附近的树木被乱兵砍光的时候,潘先生写了一首《伤伐林》,末四句我还记得是:

> 可怜栋梁材,竟委灶炉中。
> 不闻风萧瑟,但见月朦胧。

我很爱读。潘先生写诗,不过是凑疯爷的兴致,并不认真,没什么佳作。有一次他倒也有动乎中,自发了一首七律:

> 年来奔走半天涯,子夜扪心每自嗟。
> 何地安身迷净土,感时游子易怜家。

春营旧窟忻归燕，暮宿荒林栖怠鸦。
凝盼岱宗惆怅久，阳光一线透窗纱。

潘子皋先生对我的习作从未表示过意见，也许他认为，我既由疯爷教导，他最好别再插嘴，否则，他提出的意见和疯爷相左，岂不妨碍二人的感情？但我总有一个感觉，潘先生认为我学诗是"不伦不类"，那时代，在吾乡，若以文字谋生，应该念《左传》、《东莱博议》、《战国策》、《秋水轩尺牍》，学着写八行书、寿序、诉状、陈情表，他看不出诗对我有什么帮助。

我来学诗，引发了疯爷的诗兴，这段时间他经常有诗。他是才子型的诗人，成诗很快，看到潘子皋的感怀七律以后，略一沉吟提笔就写：

同是天涯沦落人，相逢何必说酸辛。
穷通夭寿随他去，诗酒琴棋自我亲。
恣肆一生传李白，纵横半世笑苏秦。
数来多少兴亡憾，若个能教日日春。

写好了，命我马上给潘先生送去。我一路上念他这首诗，越念越觉得他这第一句奇怪，疯爷的门第，家世，生活环境，怎么能算"天涯沦落人"？王氏住在兰陵至少已经五百年了啊！

有时候，灯下，他坐在我对面喝酒，喝着喝着就提起笔来，把他年幼时候作的诗写给我看。他十四岁时写有一首七律：

雨后崇朝天气新，欣欣万物自三春。
鱼依荷叶为华盖，虾傍青萍作比邻。

鱼池的景观还记得，诗已忘了一半。十五岁时，他会喝酒了，五律里开始有酒：

一醉阴阳混，觉来日已沉。
披衣偶得句，信口自长吟。
残雪催诗兴，鸣鸡报夜深。

第十三章 插柳学诗

□□□□□，何处找知音。

很惭愧，我把第七句忘掉了。第八句疯爷说原来他写的是"何处觅知音"，衍公把"觅"字圈掉，改成"找"，为了音节响亮些。

他写出这些"少作"给我看，大概是期望我"见贤思齐"吧，年龄相近的人互相观摩，写作容易进步。后来，他又把"心情微近中年"的吟哦写给我，我读了并不了解，也许正因为我浑沌未凿，他才放怀一吐为快吧？

很惭愧，第一句我是不记得了：

□□□□□□，辱辱荣荣渐欲忘。
尚有清狂左传癖，未登神妙右军堂。
曲生自愿糟无路，泸水岂能清务光。
潦倒年年何所赚，闲中赚得太憨郎。

中国诗人"题壁"的豪情，疯爷也有。在墙上写字，由于工具不同，姿势不同，心情也不同，能写出超乎平时的精神面貌来。他老人家的书法宜大不宜小，宜草宜隶不宜楷，本是才子的字，题壁时把一切成规抛弃了，创意很强。

有一首诗，是我从墙上读到的：

倒把金鞭下酒楼，知音以外更无求。
浪游略似长安少，豪放拟猜轵里尤。
菩萨心肠侠士胆，霸王魄力屈子愁。
□□□□□□，万劫千年忆赵州。

一般来说，疯爷的诗很有节制，他童年时期在大家庭中所受的委屈，他对日军暴政的愤慨，都不曾借诗来表达。我看到两次例外，两次都是在烛光下，醉意中，他写诗给我看。我相信，我是那两首诗唯一的读者。可惜，我能记住的不多，太少。

其中一首，他说"且自闲情吟得得，任他虎豹视眈眈"。疯爷对时局家运自身处境很有了解。

另一首，他说"尚有闲情教孺子，更无本事学耕田"。诗中的"孺子"指我,耕田的慨叹,应该是在土改声中无可奈何地感到家世之累。

他又说:"忌我焉知非赏识,欺人到底不英雄。"

回想起来,"风雨危舟"的感受,疯爷也有!他只是不愿意别人再用语言文字加深他的忧念。他在逃避。

疯爷的诗自己不留底稿,他写给我看,是有意还是偶然呢?吾乡没有人收集他的诗,今日天地之间,有谁能够为疯爷的感情和心血作证? 除了我,谁还能记下这断简残篇?

我非常希望能读到衍公的诗,可是残破的进士第竟无衍公片纸只字。衍公以篆刻名家,进士第也找不到一方印章。衍公留下的文物,只有一橱八股文,虽是木版线装,在康乾时代精印,却人人不屑一顾。我倒常常取来阅读,发现"八股"也有它的可取之处。

衍公的诗,疯爷脑中总该有几首吧? 不错,有,并不多。

疯爷记得,衍公注释《老子》,九易其稿,费时十年。定稿之日,他老人家写了一首五绝:"十分三万日,九变五千言。自笑无为役,人称不动尊。"

疯爷还记得衍公一首七古:

人睡我起起我寐,一日常得强半睡。
醒来羞随国举狂,醉后不愿人称瑞。
妻孥本自是空花,诗画偶尔真富贵。
但愿如此了一生,何为郁郁味无味。

这首诗真是"一肚皮不合时宜"。

东村有位孙先生,"有田六亩,室六间,食指六人",自号"六六居",跟衍公有些来往,衍公为他的六六居作了六首绝句,写成屏条,诗风之洒脱自然,在衍公的诗集里是少有的。例如:

绳床矮几是田家,草草编篱掩掩花。
待我来时休劝酒,骄儿五尺自煎茶。

还有"何不开轩面敞圃,东西南面好风多",都很可爱。

疯爷只能提供这么几首,他说,"这几首我喜欢,记得,不喜欢的都忘记了。"

衍公的哥哥秀才公,倒有些小品为疯爷乐于传诵。他口授一首七律,相当迷人:

　　唐代离宫隋代堤,朝阳红到夕阳西。
　　流云成阵留难住,芳草黏天唤欲迷。
　　忽托好音呼梦里,有何春恨尽情啼。
　　□□□□□□,剩有心头一点犀。

秀才公还有这么一首小词:

　　又是一年,熏风也似春风少。
　　秋风来了,离离潇潇都是悲凉调。
　　如何好?
　　离却烦恼,除上仙人岛。

秀才公的代表作,我想是"兰溪仙坛序"。

兰溪是指兰陵,仙坛是扶乩请仙的地方。从前士子喜爱扶乩,与仙人赋诗唱和,秀才公就是这样。

扶乩的工具是,八仙桌上铺一层细沙或小米,制面粉用的旧罗一个,罗中心插一根竹筷。扶乩请仙时,用两个童子站在八仙桌两旁,旧罗悬空,童子伸手扶住,焚香如仪,筷子会自动在桌面上画字,那就是神仙在作诗。

有人认为不过是乩童作弊,其实作弊很难。第一,乩童不识字,识字的孩子没这个资格;第二,两个乩童分别站在八仙桌两边,互不相谋,无法形成作弊的默契。童于似乎无法操纵筷子,最多只能阻滞罗动。

这件事有些奇怪。

不过,筷子画沙作字的时候,是不能离开桌面的,笔画相连,极难辨认,称为"乩字"。扶乩时,必须有专家在场解读,同一乩字可能有两种三种读法,解读人有"以意为之"的余地。因此,众口传诵的乩诗，大半都是神人合作的产品。

秀才公为兰溪仙坛写了一篇骈四俪六的序文，甚为清雅，原序是：

三千浩劫，不自我后我前。五百兴亡，奚知其时其数？乱离暮矣，治安未也。夫戴辽东之帽，管幼庵辗转篱床；披富春之裘，严子陵优游桐濑。固肥隐之盛节，高蹈之遗轨也。无如白袷宜人，淄尘迷目，青山碍我，黑眚惊心，六合茫茫，焉是濯足之地乎？

顾念生既不辰，世将焉避，守一尺干净土，哪管兔走鹘飞？结几个烟霞交，莫问人间天上。恍兮忽兮，是耶非耶？慕注经于函谷，关尹乐咏道祖之传；探畸事于漆园，糁米愿补太仓之数。

由秀才公所制的小令小序中，也可看出现实压力之难以抗拒，生活方式之难以改变，未来变数之难以掌握，因而渴望逃遁，寻求麻醉。疯爷所以喜欢这些作品，也许正是这种心态的认同吧？

秀才公的诗文比较能够呈现性灵，反映时代，文笔也较为秀巧宜人，但吾乡也没有谁收集他的作品。他的锦心绣口，归于尘土。文章一石，九斗速朽，我在这里略记所闻，聊尽后辈的一点心意罢了。

疯爷给我安排了一个极有意义的节目。他老人家认为，我既然到进士第来做小学生，总得看到进士衍公的手迹。他家在兵燹之余，文物荡然，但是族中巨室都有收藏。疯爷写信给他们，希望准许我到他们家中观赏书法。

那时我们不会照相，更不知有影印的技术，唯一摹留的办法是双钩，但双钩既花费时间又可能弄脏原件，收藏者多半不许。疯爷口授秘诀，教我把字挂在墙上，用心细看，一直看到那字像用刀子刻在你脑子上。他说，现在用眼睛看进去的，将来会在腕底流露出来。

世上到处有聪明人，这种人认为疯爷派我来窥探他的家珍，下一步便是借词索取，连忙一口回绝，说是连一个字也没有了。幸而还有忠厚人家，高高兴兴地把衍公写的对联、中堂、小屏、横幅挂满了客厅，由我玩索抄录。

我最感激的，是开馆教我读《论语》的那位长辈，我只记得日本飞机轰炸兰陵的时候，在他家天井中央炸了个深坑，很惭愧我忘了他的名字。他家东西多，我一连去了三天，见识了衍公的八分书和铁线篆。

衍公的八分十分俊美，和我后来见过的任何法帖不同，这八分应该算是他老人家书法的特色，可是世人只称道他的篆书，他有时用极细的笔画写很大的篆字，比李阳冰更细也更遒劲，涵韵聚气，疏中见密，乡人称为铁线篆。更能显现"铁线"风格的是，字的结体略瘦，长条垂垂，令人联想邓石如，但邓的线条流动似水。据疯爷说，衍公作铁线篆，笔杆在指间左右旋转，一笔到底，墨色不变，对水和墨的控制已到极致。

我还要感激杨本学先生。他受进士第雇用，本来是衍公的书僮，做些牵纸磨墨的事。衍公认为书僮应有些书卷处，亲自教他写字，还教他刻图章。衍公写字，有时自己不满意，吩咐本学拿去焚毁，本学"阳奉阴违"，悄悄带回家去。所以本学家中"收藏"极丰，大部分没落款，但绝对是真迹，我从他手中借到许多许多。

衍公晚年送给本学兄几件要紧的东西。他老人家有两部著作，一部是对《老子》的注释，题名《老子盲说》，一部是对《说文》的研究，名叫《文字盲说》，据说是一生学问的结晶。这两本书都没有出版，他老人家亲手抄录了几份，送给他认为适当的人，本学兄有幸入选。我想，衍公以手抄著述见赠，或许隐然有付托之意？可见他老人家并没把本学兄当"下人"看待。

这两件抄本，我都从本学兄处见到。宋版线装书的款式，双行的小注写得那么小！——疯爷笑着说，衍公用的毛笔只有一根毛——而字的气势格局不减。

很不幸，我没看懂衍公说些什么。对《说文》，他老人家似乎是选出一部分字来讨论。对《老子》，他老人家是借注释作论述，多所发挥。那时，老子有一段话受人诟病，说是"民之难治，以其多智"，因而主张愚民。我特别找这一段，看看衍公怎么说。衍公的意思似乎是，所谓愚民，是指向人民灌输一种学说思想，使民众想法齐一，唯命是从，治术自古如此。衍公问："今有人创革命流血之说，驱无数青年而就死地，其所以智之耶？抑所以愚之耶？"难脱遗老本色。我只记得这么几句。

为了找衍公留下的字，我到四郊去看碑。那时大户人家为先人立碑，有一套隆重的仪式，不但题字的书法家落款，连刻石的石匠都留下名字。有几位石匠最能保有书家的原貌原神，远近知名，工资很高，但据说他们都不识字，更不会写字。据说，石匠若能读能写，对别人写的字就有喜恶有褒贬，他刻字的时候，就不知不觉加入自己的风格，不能忠于原稿的形神。我奔波多日，对墓碑墓园有许多认识，衍公的字却是少见，大概请他老人家写碑很难。总算找到两处，和本学兄一同去偷偷地拓下来。——那时，拓碑是对墓园的侵犯。

有一天，疯爷把我叫进他独自喝酒的小屋里询问所见，他听完了我的报告，默然半响，叹了一口气，慢慢地说："老太爷的字太规矩了，太规矩总是不好。"他说话一向很快，嗓门又高，这次却是低沉缓慢，但是，给我的震撼却像是惊蛰的雷声。就在我惊魂未定之际，只听见他老人家又徐徐地说："伺候皇帝，在皇帝身边写字，当然要规规矩矩，可是民国了，不做官了，何苦还那么规矩呢！"这几句话我没记错，他是这样说的，没有主词。

毫无疑问，这几句话，疯爷是当做秘传，说给我一个人听的。我觉得，他这几句话按捺在心里很久很久了。在吾乡，没有人敢说衍公的字不好，如今却由他的儿子口中道出！我不敢把这话告诉任何人。

那是一个"危行言孙"的时代，可是疯爷常常语惊四座，奋不顾身。他说，孟子"人知之嚣嚣，人不知之亦嚣嚣"，这嚣嚣二字就是大声说话，说很多话。朱子注解"嚣嚣"为无欲自得之貌，疯爷认为是曲解，是捏造。

疯爷的"嚣嚣"外面一定会知道，那年代，隐恶扬善、说话成全别人等等已成禁忌，"闻过则喜"更是奇谈。你说出来的话自有人替你传扬，替你拿本子记着，如果这是"佯狂"，其结果一定无法"避祸"。而疯爷我行我素，不以为意。

疯爷之疯，除了使酒骂座，还有歌哭无常。夏日静夜，繁星临空，疯爷独立中庭，仰天引吭。他老人家中气充沛，声音洪亮，我相信整个插柳口都能听见。

他老人家爱诵李白的《蜀道难》，说是"牙齿爬山，过瘾"！

他也爱诵《桃花扇》最后一折《哀江南》，这是一篇长诗，疯爷抑扬顿挫，上天入地，余音不止绕梁。

令他特别在朗读中激动的，是白居易《琵琶行》中那一段自述，他往往为之涕泪横流，悲愤超过文姬胡笳。

我很纳闷，依疯爷的诗学，他不致对《桃花扇》崇拜到如此地步。

疯爷在礼教管制下长大，没有任何韵事绯闻，对于前人发抒绮思幽恨的呻吟评价甚低，何以一反戒约，对琵琶女激情奔放、泪尽而后已？

这个奇怪的现象，我从未听到有人谈论，即使是潘子皋先生也未加注意。反正他是个酒疯子，见怪不怪。可是，天晓得，疯爷不疯。终于，我知道了一些事情。当年衍公在吏部服官，夫人并未随同赴任，在京物色了一位侍妾照料他的生活。这位如夫人为衍公生下一子，就是疯爷。庚子之变发生，衍公决定还乡隐居，就遣走小星，带着儿子离京。衍公这样做，引起乡人的揣测，认为那位如夫人来自欢场，不能适应乡村的生活方式，也不易见容于保守的王氏家族。

疯爷回家以后，家人见他头发稀疏，给他取了一个外号叫京秃子，实际上他并不秃，这个绰号过分夸张他的缺点，通常这是表示歧视。乡人相传，疯爷幼年并未得到足够的关怀，嫡母的爱并不等于生母的爱。

我想，疯爷一定非常思念他的生母。他长大以后，成为进士第的唯一继承人，对于亲生母亲不能共享安乐，觉得非常痛苦。他可能有时觉得他本来不该属于进士第，他是辞枝失根，身不由己。所以，他写给潘子皋的诗，才有那一句"同是天涯沦落人"。

于生母，疯爷大概也听到种种传说吧，他对生母的命运大概也有种种揣测吧，他有亲不能养，一定因为"不可说"而加倍痛苦吧。甚至，我认为，他可能不爱进士第，他恨进士第，恨这么大的宅第不能容纳一个女人，恨自己的安富尊荣都是永远与生母隔绝换来。

也许，这样才能解释，他老人家为什么对进士第的家声并不珍惜，有时到了自暴自弃的程度。

也许，这样才能解释，他老人家对进士衍公的书画、诗文、篆刻、学术著作，完全没有注意保存。

也许，这样才能解释，他老人家为什么对孔尚任的李香君和白居易的琵琶女刻骨铭心。

夏夜中庭，他那呐喊式的朗诵，那呕肝裂肺的朗诵，正是对母亲的呼叫，而不幸，别人说他是疯子！

疯爷说"任他虎豹视眈眈"，虎豹没来，来了狼。

这天，疯爷在家宴请兰陵的保安大队长。那时，在"大日本警备队"之下，保安大队长最有权势，日军有军事行动，总是带保安大队一同出发。那时"皇军"已知道端架子，在外面杀个人，放把火，多半授意保安大队出手。每次"凯旋"，保安大队照例拿绳子拴住一串老百姓回去拷打审问，等人来活动关说。

保安大队长多半由外乡人担任，作恶要远离本土，免得结下子孙债。眼前这个大队长也不知道哪里来的，单身到任，地方人士赶快凑钱给他娶了个漂亮太太，——也不知是他第几个太太——说是为了安民，意思是省得他侵犯妇女。这天他来赴宴，前呼后拥，威风凛凛，单是他的卫士就坐了三桌。

第十三章　插柳学诗

可是，日本人的翻译官突然不速而至，带着四个全副武装的日本兵，举座震惊。在我们那小地方，翻译官是日军和华人之间唯一的沟通管道，权势又在保安大队长之上，何况"皇军"亲临，很不寻常。那"皇军"还是孩子，顶大不过十八岁，佩上校领章的保安大队长立刻趋前行礼，小日本不理他，他连忙改为九十度鞠躬，小日本还是不理。疯爷连忙请翻译官入席，大队长连忙让出首座。翻译官面对疯爷昂然不动，以凛不可犯的声调说："我是来办公事的！"

这个翻译官到任不过个把月，疯爷还没有跟他攀上关系，动作是慢了一点儿。前任翻译官却是插柳口的常客，进士第曾布置香闺一间，供他瞒着太太藏娇。可是那人走了，香闺当然也撤销了。新任翻译官铁面无情，令人棘手。

这翻译官高个子，方面大耳，中国话的发言极为标准，所以，当他对日本兵卑躬屈膝胁肩谄笑时，使人特别为中国伤心。他说前任翻译官盗用了公家的枪械，现在查明枪械藏在插柳口，他奉皇军之命前来取回。

那前任翻译官在职的时候，常来插柳口宿夜，他送了疯爷两支步枪，一则表示酬谢，一则加强自己外宿时的安全。现在面对查案大员，疯爷爽爽快快地一口承认，吩咐左右把那有问题的两支步枪缴回。翻译官冷漠沉默，验看了两支步枪以后毫不客气地说："还有八支手枪。"

这一来就麻烦了。

酒席照开，人人食不甘味。翻译官下令收缴插柳口所有的自卫枪支，扬长而去。我还以为保安大队长可以从中说个人情呢，没有，他噤若寒蝉，未置一词。

这一夜，插柳口成为不设防地带，疯爷全家迁入兰陵镇暂避，同时奔走疏解。策士们设计了一套说辞：疯爷好酒，日常事务由他的侄子——我的父亲——料理，赠枪之事，疯爷并不知情。他们保证由我父亲受两天象征性的拘禁，即可化小化无。

我父亲一生谨慎，谁也没把握敢说他会答应，而他老人家毫不迟疑承担下来。疯爷大为感动，保证宁可倾家荡产也不使我父亲受刑。总算父亲运气好，总算疯爷肯花钱，总算潘子皋先生门路宽本领大，人释放，枪发还。不过所有的枪都只能算是进士第向日军借用的，日军随时可以收回，这就为日后的勒索留下了伏笔。

父亲在插柳口与各种恶势力周旋，常替疯爷捏一把汗，所有的建议，疯爷一概不听，插柳口早晚定要出事。父亲正想辞职，翻译官收枪来了，这时候他认为非但不能辞，还要共同赴难。官司解决了，这时候又哪能马上求去？那不成了端架子、抬身价？

父亲决意不在插柳口做一枚"死棋"，问题是时机。他预料疯爷还有灾难，他希望下一次置身事外。这时疯爷不理内忧外患，也不过问我的功课，天天摔东西骂人，逼迫二奶奶——疯爷的夫人——同意他纳妾，父亲就先打发我回家。

我在插柳口与众不同的学习经历就这样结束了。临行，我呈给疯爷最后一次作业：

一代书香共酒香，人间劫后留芬芳。
祖宗基业千斤鼎，乱世文章九转肠。
盏底风波问醒醉，梦中歌哭动阴阳。
无知童子有情树，回首凝望柳几行。

第十四章　母亲的信仰

除了冷僻的地方志，大概无人会记下这些名字了：

一八三二年，基督教德人传教士首先踏入山东境内，在胶东布道。

一八六七年，苏格兰圣经会传教士廉臣，美国长老会教士梅里士，由胶东烟台到临沂布道。

一九〇五年，北美长老会派叶克斯、范珍珠二人由临沂到峄县布道。一九一一年在峄城南关建造大教堂。

一九一九年，德人美籍护士万美利来峄县创办孤儿院、职业学校和诊所。

长老会在峄县建堂后，派传教士四出宣扬教义，大约一九三〇年左右，兰陵教会成立了，称为峄东支会。

那时吾乡一般人对基督教有种种猜疑，例如，他们听见男男女女在一间屋子里高唱"耶稣爱我、我爱耶稣"，产生想象，对前往参加聚会的妇女有轻蔑之意。幸亏早期教友中有一位王兴信先生，他当过保长，在地面上有些实力，那些游手好闲的人看他的面子，没有到教堂里来骚扰过。

我还记得，晚间聚会散会时，天地黑成一片，王兴信先生拿着三节电池的手电筒照亮道路，护送女教友回家。那时以吾乡的消费程度，这一举动甚为豪华，手电筒是奢侈品，大家相信"捏一捏，一个铜咯"，铜咯就是铜元。

另一位对初期教会有贡献的是宋师母，她一人住在教堂旁边的小屋里，专职传教，教友轮流供应粮食蔬菜，没有一文钱的薪水。

宋师母是一个温婉的小妇人，丈夫英年早逝，唯一的儿子又从军远走，就把对生活的热情倾注在教会里。但她说话的声音轻细，说话时也没有手势，跟一般传道士的风格不同。

我记得，宋师母永远是一个最清洁的人。朴素是必然的，不用头油，头发也能一丝不紊，粗布衣服浆洗得干干净净，手上脸上没有灰垢，达到城市中白领的水准。她并不像有洁癖的人那样难以相处，她平易近人。教会里有这样一位工作者，才可以深入家庭，劝导妇女。

教会初创，没有驻会的牧师，峄城的牧师杨成新、台儿庄的牧师翟庆峨，以及侯敬敏牧师、侯敬臣牧师等人轮流前来主讲。此外还有侯敬臣的父亲侯长老、乡村布道家张继圣先生，都很受教友欢迎。

这些牧师都是华北神学院的高才生。华北神学院设于滕县，院长赫士，是有名的神学家，我们用的赞美诗也是他主持编定的。

回想起来，侯长老讲道最是诚恳动人，他年纪大，阅历深，使你觉得他确确实实想救你。他的这份天赋由侯敬臣牧师获得，侯有神学院的底子，讲说的层次又高些。台儿庄来的翟牧师仪表最好，国学有根基，对基督教义和孔孟学说常作巧妙的融合。

我就在这些人的熏陶中渐渐长大。

兰陵教会的礼拜堂，盖在西北隅靠近城墙的地方，附近人家稀少。 抗战爆发，治安问题复杂起来，那房屋就不常使用了。

我家有一排五间空屋，由一位本家借住，后来那人搬走，母亲愿意借给教会使用，教会又有了共同聚会的处所。这栋房子离我们的住屋只隔一个四合院，坐在客厅里能听见唱赞美诗。

教会久由王兴信长老当家做主，这时教友有了不同的意见。王长老的口才和仪表都很好，但他逐渐丧失了基督徒的气质，越来越像一个政客。这长老一职，就在一次选举后改由宗茂山先生担任。

宗王两人本是密友，皈主后，彼此的差异日益显著。宗先生勤勉

第十四章　母亲的信仰

谦和，有服务的热诚，把不相干的外务都断绝了，专心事奉。他以百分之九十的高票当选。

在吾乡，母亲皈主甚早，参与了兰陵教会的创建。我不知道她老人家何时、由何人引领入教。

基督教发展的经验是，妇女儿童首先受到吸引，而妇女之中，又以贫穷的、识字不多的、社会地位低下的人居多。若是主的救恩同时降临缙绅之家，有少数信徒来自名门大户，可以对教会产生庇护作用，教会在当地所受到的歧视因而减少。这就是母亲信教对兰陵教会的意义。

至于母亲为什么信教，那倒不难了解。

母亲于归甚早，我有两个哥哥，两个姐姐，都不幸早逝，我这个小不点儿才成为长子。

我一点也不记得哥哥的影子，大姐二姐倒有眉有目。我记得，大姐已经出嫁，常常哭着回来，再哭着由家中套车送走，母亲陪着哭。

对二姐，印象更清楚些。记得她生病，医生说必须常吃鹅肉，家中特地养了几只鹅。不知，鹅总是把它的长长的脖子伸得很直，贴近地面，蛇一样游动，又大声喧哗，常常追我赶我咬我的小腿肚子。这个经验很恐怖，我长大成人以后还常常做这样的噩梦。

二姐死时还没出嫁，所以我约略记得她的葬礼。至于死因，说来就可怜了，她的病中医束手，转求西医，那时吾乡能够找到的西医，不过是在街口开了个西药房，顺便向病家推销成药。他给了一瓶药水，回家服用，二姐含了一口马上吐出来。家人不知道她的牙床已经脱皮出血，还在劝她、哄她、哀求她，告诉她良药苦口利于病。二姐奋勇地再吞一口药水进去，这回吐出来的是血，是血……

二姐死后，母亲要拄着拐杖才站得起来。一群亲邻（都是妇女）来我家大骂庸医杀人，一左一右架着母亲往外走，后来知道她们把那家西药房砸烂了，那个卖药兼行医的家伙本是外路人，从此无影无踪。

母亲大病一场，然后黄着脸、拄着拐杖行动，整天不说一句话。

咳！她当然需要宗教。

还有，母亲婚后的境遇相当痛苦。我说过，大家庭好比一只猫，努力扭曲身体以各种姿势去舔掉身上的肮脏，吞进肚里，有些事是要隐瞒的，有些话是不外传的。

后来，父亲唤母亲奉命从大家庭中分出去，彼此距离拉远，压力减轻了，每年仍有一些活动，像祭祖、拜年、庆寿，暂时恢复大家庭的形式。由于活动集中，加上"我又逮着机会了"之类的想法，大家庭制度的负面功能也就即兴发挥，淋漓尽致。当然，这些也必须舔个干净、吞进肚里。

这时，基督教来了，它说，你不可烧香摆供，你只能跪拜真神。

这时，母亲说，我信主了，你们的什么什么我都不能参加了。

对母亲来说，这已是一种拯救，不必再待来日。

母亲的心底，也许还有更复杂更隐微之处，是我所不能觉察的吧？有人问她为什么要信基督教，为什么不信佛教，我清清楚楚听见她是怎么回答的。

她说："我不要来生。"

不错，基督教的教义里只有今生永生，没有前生来世。对熟知轮回的中国人来说，这的确是它的特色。

母亲是把新旧约全书看了一遍才决定信主的，她对教义领悟得很快。

那时，教会初立，有思考能力的人对这个外来的宗教抱着挑战的态度，提出许多问题。这些问题转弯抹角、或早或迟传到母亲那里。

有人提出：耶稣本是一个人，为什么拿他当神敬拜呢？

如果那人信佛，母亲就反问：释迦牟尼岂不也是一个人？如果那人好道，母亲就提醒他：太上老君岂不也是一个人？母亲指出，灶神姓张，不但是人，而且不成材；送子的张仙不但是人，而且是亡国之君。关羽、岳飞、姜太公、杨二郎哪个不是人？他们不是一直在受中

第十四章 母亲的信仰

国人的敬拜？

耶稣是外国人，中国人怎可奉外人做教主？这不成问题，佛教在中国有无数的信徒，佛祖乃是印度人。

有一位大婶当面问我的母亲："神在哪里？我怎么看不见？既然看不见，我又怎么能信他？"她拿这个问题问倒了好几个教友，言下颇为自负。

母亲慢慢地告诉她：世界上有许多东西是眼睛看不见的。眼睛的用处有限。

你可以看见我的嘴在动，你看不见我发出来的声音，声音要用耳朵听。

你可以看见花，你看不见花香，花香要用鼻子闻。

你可以看见盐，你看不见咸，咸味要用舌头尝。

我们不能用肉眼看见神，我们是用心灵去感受神，神确实存在。

那位大婶仍然不服，可是，从此以后，再也没有拿这个问题去质问别人。

潘子皋先生是我们镇上的明白人，谈吐有听众，他也把新旧约大致看了一遍，告诉我："基督教谈人道不如儒，谈神道不如佛。"

我急忙把这话告诉母亲。母亲沉吟片刻，认为潘先生的话有道理，"可是，他的话也证明基督教谈人道胜过了佛，谈神道胜过了儒。"

基督教分成许多教派，互相攻击。据说，某地有一群信徒对他们的教会不满意，自立为"耶稣教会"。不久，他们内部闹意见，有一部分人分出去自己聚会，大门外挂了块牌子，写的是"真耶稣教会"。

到底哪个是真的？教我们信哪一个？出外传道的人碰见这样的问题不免啼笑皆非。

母亲的意见是：没关系，你愿意信哪一个就信哪一个，只要信。

母亲认为，儒家和释家不是都有许多流派吗！百岳朝宗，万水归海。

那时兰陵西门里建立了天主堂，新旧之争本已过时，后进地区照例补课。这边说，你是早该推翻的专制魔鬼，那边说，你是被我们开除了的劣等门徒。

母亲从未批评过天主教，她认为天主教也是神的使者，若非天主教教士将福音东传，我们也许至今不知道耶稣的名字。

回想起来，母亲是个有智慧的人，在那样封闭的环境里，她老人家无从发展自我，服务人群，只能为这个简陋的小教堂添一分力量。这也真是委屈她老人家了！

在这期间，母亲认识了万美利女士。

万美利原籍德国，抱独身主义立志不嫁，本来在教会医院当护士，工作之余也下乡传道。

那时有弃婴之风，被丢弃的多半是女孩。有一天，她在医院门外拾到一个女婴，动了不忍之心，就回到美国募集了一笔捐款，在峄县设立孤儿院。

她的孤儿院规模不小，能收容三百名弃婴，为了支持孤儿院，她又兴办了牧场、酱园和纺织厂，以外围企业的收入作孤儿院的经费。孤儿长大了，可以进纺织厂学习一技之长，也可以由她送进教会办的职业学校。

万护士后来声望日隆，众人尊万老姑。一个女子，不必坠入男人的掌握和大家庭的牢笼，另有一条光明大道可走，使母亲非常惊讶感动。 就拿孤儿院收容的女孩来说，虽不幸而为弃婴，但日后有专长，有收入，对婚姻可以有自己的意见，在家庭中可以有独立的人格，可能比那些由父母和丈夫主宰命运的女子要幸运些。

万老姑的生活方式显然给母亲很大的震撼。我以今日的理解力猜想当日的母亲，她一定立刻想到她那唯一的女儿长大后的出路。但她回家以后绝口不提这些，她谈的全是反面教材。

当我和她老人家单独相对的时候，她没有引言，不加预告，自说自

第十四章　母亲的信仰

话一般讲述某些女孩子的故事。某一个女孩何等温婉,何等有慧心,可惜一顶花轿把她抬给一个不认识也不了解的男孩,男孩哪里懂得夫妇爱情,而婆婆寡居,也还年轻,对这等事又太敏感了。"钟鼓乐之,乾坤定矣"的后续发展竟是母子联手虐待这个可爱的小鸟。那日子怎么过?日起日落,令人心裂。——我知道她说的是谁。

有一个媳妇,产后坐月子,丈夫在千里外混差使,婆婆不准产房里生火。那气候滴水成冰,媳妇住的是南屋,寒气森森,俗语说西屋、南房、不孝的儿郎!好狠,儿孙可是自家的骨肉哪。一冬下来,产妇冻坏了一条腿,孩子咳嗽,咳嗽,咳嗽了几年还是没保住一条命。媳妇连哭也得小心翼翼,哭多了是对婆婆抗议,哭少了证明自己冷血,都是罪,难赎难救。——我知道她说的是谁。

母亲说这些事,多半在她做针线的时候。有一次,我看她和面,一大团湿面,放在瓷盆里用拳头捣,再放在案上用手揉。那团面好像自己有主意,想维持一个什么样的形状,忽而这边翘上去,忽而那边涨出来。母亲不停地揉,还加上摔,终于,面团柔软了,弹性恰好,不大也不小,周身润滑光亮,很乖,饺子面条由你。母亲这才抬起头来:——

　　打倒的媳妇搋倒的面

对娶进门来的媳妇要千方百计地找理由折磨她,直到她没有个性,没有自己的人格,做驯服的奴隶,这是做公婆的哲学。乡下小媳妇挨打多半因为在厨房里偷嘴,而偷嘴是因为她天天都吃不饱,规矩大,饭桌上不敢多吃。每年到罂粟收成,鸦片烟膏随手可得,你就听见这一家的小媳妇服毒死了,那一家的小媳妇也服毒死了。

这一次,母亲多说了几句话,那一定是她心中最重要的几句话:

"等你妹妹长大,我不慌慌张张地把她嫁了,我要撑到她师范毕业,或者是护校。你可要跟我一块撑呀!"

我含糊答应,实在没弄清楚撑什么,怎么撑。

供教会使用的这几间房屋砖墙瓦顶,门窗严密,冬天足可抵挡寒风。院子平坦宽大，院中又有两棵老槐遮阴，夏天正好乘凉。有了这样一个地方，听道的人慢慢多起来。

我记得，夏天证道的时间以日影为准，浓阴满院的时候，牧师说："上帝告诉我们可以开始了。"树阴退走了，证道也就结束。奇怪的是，这两棵槐树上似乎没有蝉，从来没受过蝉声的干扰。有时候，讲道的人语重心长，恨不得把肺腑掏出来，有些听道的人正双目微合，口涎拉成有弹性的细线缓缓垂下，那情态，你不知道可笑还是可爱。

翟牧师说："不要推她，她的灵魂听得见。"农家妇女起五更睡半夜，哪有工夫午睡，能让她打个盹儿，就是天国。

张继圣先生不这么想，他把他的演讲分成几个段落，在两段之间领导大家唱一首歌。那时我们教会连一架手风琴也没有，仍然有许多人为了歌声而来，大多数是妇女。依照习俗，她们不准"无故唱曲"，要抒散内心的抑郁，只有哭泣。唱总比哭好一些。教会是她们唯一可以唱歌的地方。

张继圣先生的歌喉很好。那时，他大概有四十岁了吧，从歌声里听不出他的年龄，只觉得嘹亮充沛。他可能有一副男高音的声带。可惜没有机会学习声乐。他描述耶稣受难的歌曲，唱那呼唤浪子回家的歌曲，常使女教友泪流满面。午睡？当然忘了。

我们唱诗的本子叫《赞神圣诗》，由华北神学院院长赫士主持编定。这个本子的特色是，曲谱采用西方的名曲而以中文填词。多年后，我接触西方音乐，才发现有许多调子是我早就熟悉的。但是这个本子通行的范围很小，我离开鲁南以后再也没见有哪座教堂采用。

在那座简陋的小教堂里，日子随着唱诗和祈祷流逝。每周一次，牧师来为我们梳理麻乱的人生，我顺着他的思路过日子，觉得妥妥当当，舒舒服服，一切也简简单单，问题都可以解决，或者可以等待解决。

我们的座位是长条的木凳，坚硬，没有靠背，然而那是很舒服的地方，这就是牧师的魅力。

第十四章　母亲的信仰

一九四一年十二月,太平洋战争爆发,日本人接收了美国教会。惊人的消息不断传来,连万老姑也进了集中营。谁也不知道还要发生什么事情。

这天寒风凛冽,忽然进来了一个日本兵,而教堂里只有宗师母和我,我们觉得不寻常,倒也不敢惊慌,好在他徒手而来,未带刀枪。我们都不会说日语,用起身让座表示了礼貌,他大概也不会说中国话,没答理。

这日本兵响着靴声里里外外看了一遍,站在教堂中央点着了一根烟。他那傲慢的样子引起我们极端的厌恶。

他向宗师母要纸笔,写了几个字给我看:

密侦的有

密侦就是侦探、间谍,必须坚决否认。在这时刻,我认为不妨卖弄一点小聪明,就在纸上写下:

带刀

一面用手势向腰间比画,那是佩带刺刀的位置。

他摇摇头,脸色和缓下来,把半截香烟丢在地上。

日兵走后,宗师母说:"我看他最多十八岁,看他走路的样子!拖不动那一双皮靴。这么小就出来了,教他爹娘怎么放心!"

那时,日军已经感到兵源不足,连未满十八岁的孩子也征到中国来做占领军,腾出老兵来上前线,这些娃娃兵容易对付。

没几天,有个小青年来听道,他人小名气大,是保安大队长的干儿子,一张脸干净秀气,谁见了都想疼他,可惜他在落座时先从腰带里抽出手枪来放在大腿旁边,吓得没人敢挨着他坐,让他一人坐那么长那么长的板凳。

带枪的小青年一双眼睛骨碌骨碌转,最后盯住一个和他年纪相仿的小姑娘。那小青年,也许是有任务的吧,他现在只记得小姑娘了。

以后他常来,听说也常到小姑娘家烤火,两人隔着火盆坐,在火盆上空捏她的手,她父母急得在卧室里流汗。

日军责成保安大队"清乡",保安大队就出动抓人。抓人总要有个理由。日本人来了,你为什么逃?莫非是抗日军?你为什么不逃?莫非留下做间谍?都抓回来。有一个人挨了五花大绑,因为他家里有一本《圣经》。

风声紧,倒也不怎么怕,还敢营救被捕的教友,至少也派个人去探监。我的同学张宝来在保安大队做文书上士,没他陪着我还进不了牢门。被捕的教友鼻青脸肿,还连声说"我很好",比起躺在地上昏迷不醒的人,他的确很好。

我和宝来都还不懂事,谁也没带礼物打点守卫,也没人提醒我们,没几次,守卫不耐烦了:"张上士,你进进出出真方便,像是你的家一样!"终于,有一天,我们受到很不客气的拒绝。

长老们开始为教会的前途忧虑。也许,有一天,所有的教会都要关闭,所有的牧师都要改业,《圣经》唱诗都要烧掉。也许有一天,基督教要像回教一样,父承子继,单口秘传,对外绝不谈论。也许像禅宗那样,相会于心,不著一字。

那时有一种说法,信教的人都亲美,都不爱国,如果中美两国作战,信教的人会通敌投降。但是,在日本人眼里,信教的人反日,为中国流血汗,个个是嫌疑犯。那时,我想,这两种下判断的人最好一块儿琢磨琢磨,再作结论。

很不幸,这两种人是从不坐在一起开会的。

那年头,乡下人常常挨打。如果他遇见一个穿制服的,他赶快祷告,希望那人没扎皮带,皮带解下来拿在手中就是鞭子。如果扎着皮带,他赶快祷告,希望那人不使用有铜环的那一头。

大牢是个有设备的地方,花样很多,使你无法祈祷。最常用的是"压杠子",刑具不过一根扁担,一根杠子,几块砖头,虽在穷乡僻壤也可以就地取材,使用的方法却有赖天才发明家。先把犯人的衣服脱光,把他的两臂平伸拉直,绑在一根扁担上,上身维持十字架上的姿

第十四章　母亲的信仰

势，双膝却是跪在砖上，杠子穿过腿弯，杠子两端站人，以扁担作扶手。这样，犯人丝毫动弹不得，着力处全在砖上的膝盖。如果犯人很强壮，杠子两端可以由两个人增加为四个人，叫做四人担，再增为六个人，称为六人担，也许膝盖从此压碎了，终身残废。

还有一种经典之作叫"灌凉水"，把赤条条的犯人固定在门板上，朝天平放，开始灌水，等到肚皮高高地胀起来，再派几个汉子抬着木杠放在肚子上滚来压去，这时候，水从口中射出来，灌进去的是清水，射出来的是血块屎浆。这一套程序可以重复施行，周而复始。

这是"大件"，至于"小件"，在屁股上割一道血口，填进去一点石灰之类，行刑的人可以即兴发明。这才是被捕最可怕的地方。可怜那些乡巴佬，一向以三代没进过官府衙门为荣，忽然捉将牢里，教他们怎么办？

遇这等事，信众就在教堂里哀告上帝。单单哀告是不够的，母亲就回到家里发呆。发呆是不够的，我就到大队部门口逡巡张望。张望有用吗？有用吗？

无巧不成神迹，这天恰值大队长送客到门外。那客人五短身材，加上马裤的裤管左右膨胀，看背影像日本人。大队长比他高，就算鞠躬的时候也比他高些。看大队长那客气劲儿，他是日本人无疑。可是一转身，我认得他，他是日军的翻译官，中国人。

这翻译官跟插柳口进士第有来往，我在进士第跟他同席吃过一次饭，他瞒着太太在进士第藏了个女人。也许是这个缘，他对在进士第读书的我另眼看待。他问，你到这里来干什么。我说想来探监。那人跟你什么关系？对呀，什么关系？只能说是朋友。他犯了什么事？有没有杀人？是不是抗日分子？我说都不是。

大队长在旁边听看，没有马上走开。翻译官说，大队长，这小兄弟教我为难，我既然碰上了，不能不说个人情。大队长说，翻译官，大队部的事，还不是你说怎么办就怎么办？他问我，你那朋友叫什么名字，哪里人。我说他叫田老憨，住在田家村。大队长吩咐他身旁的一

217

个军官：那田老憨，教他家里来个人，把他领回去。他又加上一句：这事今天一定要办好。声音很高，是希望翻译官能听清楚。

翻译官说，大队长，谢了。他对我说，这里不是你常来的地方，下次不要再来。他也一个字一个字清清楚楚，希望大队长听见。

我在教会上一下子出了名。可是任何人都料得到，我不能再创造第二次奇迹，翻译官已经把他开的路随手堵死。有人病急了信偏方，提着老母鸡到我家，坚持要我们再试一次，管它死马活马。我母亲也急了，急中生智，想起大队长的干儿子。

提起这位干儿子，教会上没人敢理他，只有宗长老跟他说过两句话，表示欢迎他来听道。我母亲走的也是步险棋，好在我家没有十七八岁的女孩子。那小青年，坐在长板凳上也是怪寂寞的，母亲跟他一谈，他居然大为兴奋。他说："你们等着。"起身就走，聚会未散，他就把一个半百老汉带回来，这老汉有几处皮肉淤血，走路带点儿跛，此外能吃能喝，能说能笑。大家又是唱诗，又是祷告，感动得如醉如痴。

倒也没什么后遗症。慢慢的，小青年在教会里也有了朋友。几个月后，小青年托朋友来我家说，想借些粮食拿到市上变钱应急，母亲欣然答应。小青年带着工人来扛粮食的时候，一直面红耳赤，于是母亲高高兴兴地告诉人家，这孩子很纯洁，心地不坏。

空中好像真的有神，但空中也有铅块罩着压着，令人心情沉重。以后这段日子，大家特别爱唱诗篇第一百二十三篇，尤其是最后一段：

  耶和华啊

  求你怜悯我们　怜悯我们

  因为我们被藐视已到极处

  我们被安逸人的讥诮

  和骄傲人的藐视

  已到极处已到极处

  已到极处

美国长老会在峄县投下大量资金，对各支会并没有多少资助，但这些支会总是美国教会的支流。

远在抗战发生以前,中国教会即要求脱离外国人的支配,改以中国的长老牧师为主导。当然,中国人若要自己当家做主,必须不再依赖美国捐款。后来这观念凝聚成六字真言,那就是自立、自养、自传。

美国教会默察形势,顺应潮流,宣称逐步退出中国教会,与此同步进行的,是分期减少经济援助,喻之为"断奶"。太平洋战争发生,日本人粗暴地拔掉了教会的奶嘴,教会立即展开宣导,要求信众养成捐献的习惯。

信徒捐款维持教会,《圣经》中有此主张,中国教会一直避讳不谈,初期的教会甚至以"散财"为招徕的手段,信教可以收到种种"救济品",被国人目为"吃洋教的"。教会迁入我家时,这种现象已成过去,教会逐渐成为信众的共同负担。

时势造英雄,那时有几位全国知名的牧师鼓动了信徒捐献的风气。宋尚节牧师绰号"送钱包",他到哪个教会讲道,哪个教会的财务困难立刻解除。还有一位赵世光牧师,绰号"赵开荒",也能化无为有。

乡村教会的开支很少。房舍有了,最大的问题已经解决,日常费用不过是晚间聚会的灯油,星期天聚会的茶水,每周一次例行的乐捐足够。后来有了驻会的传道员,教会要付薪水给他,这笔钱全靠捐款,母亲每年三季都派人扛着口袋往教会里送粮食。

虽然有了全职的传道员,各地布道人员的交流并未中断。翟牧师、侯牧师,他们仍然常来主持礼拜,晚间把礼拜堂里的长凳子拼并起来当床铺,草草一宵。他们不要酬劳,但是这一日两餐必得由教友轮流供应。那年头,人对人轻易不肯留饭,为了把客人在饭前赶走,民间故事里不知有多少笑话。何况还有农忙、冬天太冷、住处太远等等困难。我家和教堂只隔一个院子,母亲总是说:"由我做饭送来吧。"地利人和理当如此,大家都没有异议。

但是还有问题。

那几年,我是说家乡成为"沦陷区"的那段日子,常常有人背着简单的行囊、手持一本《圣经》走进教会,自称布道人。他是谁,大家不认识;高姓大名,从没听见过;从哪里来,往哪里去,没法子查证。根据《圣经》,耶稣生前设计过这种模式,云游布道,不带盘缠,没有多余的行李,望门投止,由信主的人随地接待,接待这等人等于是接待了耶稣。

这等人何以应运而生,想来有些奇怪。依宗长老的主张,一律不予接待。有一天晚上,这样一个人进入教堂,要求投宿,宗长老表示只能请他喝一杯茶。那人立刻在地上跺脚,然后退出。这也于经有据,耶稣说过,如果有人不肯接待你,你赶快离开他,连脚上的尘土也给他留下。这时我母亲也在座,两人望着那为夜色吞没的背影,半天不发一语。

母亲本来主张接待这等人。那时人口流动又快又远,不比战前,教会也还没有发证件、写介绍信之类的办法,想知道一个人是不是教友,的确困难。但是,母亲说,就算有人混吃蒙喝,他既然奉主的名,也就给他。若是有人短了饭钱,教会也算周济了他。

终于,母亲说服了宗长老。

这件事间接改变了我的生命。

一九四二年春天,我们接待了一个人。我至今不能透露他的名字,甚至不能描述他的容貌。由于现实的原因,我必须继续为他守密。

我只能说,他穿着长袍,拿着《圣经》,是那种个子不高的山东人。他大概三十多岁,脸上风霜之色并未完全掩盖了读书人的气质。

他和我父亲谈得来,不觉多住了两天。他到附近的支会讲道,又回到兰陵。这期间,他对我的家庭了解不少。

那时,日人推行怀柔政策,命令每一区公所保送两个学生进临沂五中,所有费用由区公所拨款。区长跟"大老师"璞公商量之后,提了

第十四章　母亲的信仰

我和管文奎的名。

五中是山东的名校之一，若在平时，我们未必考得进，即使录取，家里也拿不出那么多钱，所以，这是一个好机会。不过？——

现在家乡沦陷，五中是所谓伪校，这怎生是好？

区长说，你可以指校长是伪校长，不可以指学生是伪学生，"正如我这个区长是伪的，那八区的老百姓一点也不伪！"

他又说，"学生不伪，知识不伪，咱山东教的几何代数跟重庆教的一模一样！"

父亲想来想去，最后决定："我进城去亲眼看看再说。"他老人家披星戴月地去了，又风尘仆仆地回来，他对五中的事一字未提，从此不提，就这样不了了之。

这些，那云游客看在眼里。他在辞别的时候握着父亲的手说了一些悄悄话。

他的话是这样开头的："有一件事，我只能让你知道，不能让令郎知道，他的口风不紧。"

他走后，父亲还是把他的话告诉了我，父亲说："我要你知道别人对你的看法。"

那云游客，他从安徽阜阳来。阜阳有一座中学，管吃管穿，专门收容沦陷区的青年。校长是山东人，叫李仙洲，一员名将。云游客主张我赶快到那里去读书。

云游客说，到了阜阳，提一下他的名字，入学没有问题。可是，令郎……"我跟那边的关系绝对不要泄露出去。"

云游客匆匆上路，他给的资料太少，还有些问题找不到答案。这时五姨来了，她告诉我们，二表姐已经在阜阳进了高中。

那到底是一座什么样的学校？据五姨介绍，那是按照教育部中学课程标准办的学校，加上军事训练。男生女生一律穿军服，佩手枪，上午上课，下午打靶，晚上演戏，将来是个文武全才。高中毕业以后，你想升学由政府保送，你想就业由政府分发，到那时候，当然是抗战胜利了，日本鬼子打跑了，你站在山头上看吧，东西南北全是出路。

当然，重要的是，这个学校是不收费的，我们明白五姨也没有钱。

简直十全十美！简直前无古人，后无来者。可是，怎会有这样的学校？怎么会？

父亲说，就算打个折扣，只有七成，也该教孩子到那里去。

母亲说，就算打个对折，只有五成，我也主张孩子快点动身。

我呢，我是信任二姐的，她去的地方一定值得去，应该去。

五姨问我：你想不想去？

我说不出话来，我早已醉在浪漫的想象里，如果一觉醒来好梦可以成真，我连这一觉也嫌太长了。

我是一九四二年暑假期间到后方去"流学"的，花了两个月的工夫准备。

所谓准备，在我不过是和早已在后方的二姐通信，在母亲则是给我缝几件衣服，一床棉被。身在沦陷区，做这等事未免心惊胆怕，表面上竭力掩饰，不敢真正准备什么。

可是，外人恐怕已看出我们神色有异，也许发现我们的生活秩序大乱，因而有了揣测，而那揣测又接近事实。我家的房子大部分租给一位本家开点心铺子，连客厅也和他共用，如果他坐在客厅里，看见父亲和母亲一同进来，必定连忙起身躲避，意思是不妨碍你们的机密。

亲友的反应使人不安。我们尽其在我，一直紧紧地瞒着，尤其是妹妹和弟弟，始终没得到半句消息，他们年纪太小，可能成为某种"导体"。我连啃教科书都怕人看见，有疑难也闷在肚子里，幸而入学并不举行甄试，否则一定名落孙山。

父亲设计了离家的方式：黎明，城门刚刚打开，趁着行人稀少。空着手上路，不惹人注意，行李另外补送。第一站峄县南关教会，由杨成新牧师安排，找同路做伴的人。

半夜，妹妹弟弟睡熟了，父母把我叫进客厅。"你再想一想，后方

第十四章　母亲的信仰

的生活很苦，也许还有危险，你怕不怕？"

"不怕！"我很坚决。

父亲转向母亲。"你再想一想，他这一走，不知何年何月再见，抗战胜利遥遥无期，就算胜利了，他也未必能马上回家。这些话，我早先都对你说过。"

母亲点头。

"我再说一遍：他走了，将来如果你生了病，想他念他，见不着他，那时候，你可不要怨我哟！"

这时母亲泪流满面，但是说出来的话清楚明白："我不想他。"

父亲像完成了重要的程序，长吁一口气，放松了表情。他抽了一支烟，捻熄烟蒂，对我作了如下的叮嘱：

> 这些年，青年没有出路，人都快憋死了。你是长子，家有长子，国有大臣，你有出路，才可以把担子挑起来。咱们这个家是不行了，你别再依赖这个家，你的妹妹弟弟还小，他们以后有些日子还得靠你。你出去奋斗，咱们不求富贵，单求你有一技之长，能拉他们一把。要是你有文凭，他们白丁，你也亏心。他们不如你，你要多为他们想，前头的要给后头的修桥补路。仗总有打完的一天，以后年头儿不知变成什么样子，人心人情万古千秋不变。皇天不负苦心人，好心自有好报。

然后，父亲要母亲交代我几句话。母亲这才擦干眼泪，教我在外面勤读《新约》。她老人家还重复了平时的一些教训，《新约》里未必会有：

> 行万里路，读万遍经。笨鸭早飞，笨牛勤耕。让小的敬老的，拿次的留好的。宁欺官，不欺贤，宁欺贤不欺天。人多的地方不去，没人的地方不留。赞美成功的人，安慰失败的人。犯病的东西不吃，犯法的事情不做。不要穿金戴银，只要好好做人。墙倒众人推，我不推；枪打出头鸟，我不打。种瓜得瓜瓜儿大，种豆得豆豆儿多。

千叮万嘱,看着我喝了稀饭,逼着我吃了包子,母亲为我作了祷告。

父亲说:"你走吧,不要回头看。"

我一口气奔了五里路才回头,已经看不见兰陵。

回想起来,离家这一幕还是草率了。这等事,该有仪式,例如手持放大镜,匍匐在地,一寸一寸看。

生活·读书·新知三联书店刊行

王鼎钧作品系列（第一辑）

碎琉璃（自传体散文）

这部散文集以温柔的口吻，娓娓叙说故乡的亲人、师友以及少年经历，自传色彩浓郁。

蔡文甫先生在 1978 年出版的《碎琉璃》的序文中说："我相信在鼎钧兄已有的创作里面，《碎琉璃》是真正的文学作品；他如果有志于名山事业，《碎琉璃》是能够传下去的一本。世事沧桑，文心千古，琉璃易碎，艺事不朽。"

山里山外（自传体散文）

初版于 1984 年，是《碎琉璃》姊妹篇，关于抗日流亡学生的自传体散文。

描绘抗战时期流亡学生的旅程：走过大江南北，人生百态，山川悠远，风俗醇美；呈现大时代之中一个流亡学生的感怀、梦想和抱负。

左心房旋涡（散文集）

这本书写的是乡愁。集中书写了乡愁这"一个复杂而美丽的结"，全书四部三十四篇，皆用"我"对"你"的呼唤、寻觅、对话写成，包含着"后世"对"前生"的呼唤、游子对故土的寻觅、"东半球"和"西半球"的对话……

1988 年这部散文集出版之后，即被评为台湾当年"十本最有影响力的书"，并获得《中国时报》文学奖。

千手捕蝶（散文集）

初版于 1999 年。

作者的一部极富禅意的寓言式散文集，六十余篇小品式的哲理文字耐人寻味，是一部愈读愈耐读的书。

昨天的云（回忆录四部曲之一）

这是四部曲的第一部，出版于 1992 年，写故乡、家庭和抗战初期的遭遇。作者对家乡的风土人情、历史掌故及种地劳作信手拈来；同时将个体的遭遇置于宏大的社会背景中。以小见大，在朴素无华中显示出一种深度和力量。

怒目少年（回忆录四部曲之二）

初版于 1995 年，记录了作者 1942 年至 1945 年作为流亡学生辗转阜阳、宛西、陕西汉阴等地的逃难经历。

在这一场颠沛流离中，作者作为一颗小小的棋子，见证了一个普通中国人的命运。虽有血泪炮火，却也有人情之美；虽则苦难尝尽，却也有活泼泼的生命展开。生动的细节之下，是历史的烽烟和家国之痛，也是个体的经验和成长。

关山夺路（回忆录四部曲之三）

出版于 2005 年，作者以个人化的叙述视角，生动细腻地描述了国共内战期间各色生民遭遇，更以实际的体会和细致的观察揭示了国民党败退和共产党胜利背后的种种因由，具有十分珍贵的史料价值。

文学江湖（回忆录四部曲之四）

2009 年出版，王鼎钧写他在台湾看到了什么，学到了什么和付出了什么。

作者记录、反省在台生活的三十年岁月（1949—1978）；从中既可窥见这三十年世事人情和时代潮流的演变，也能感受作者对国家命运、历史教训的独立思考，是一份极具历史和人文价值的个人总结。